U0926047

主题页诗

《我们要活着》

我们要活着
做一场美梦
以微笑为准则，把所有的日常
都争取过得有意思
给内心以营养
用美好的东西，包括
食物、书籍和信仰
喂大那卑微的自我

尽管从出生起，人就注定
一步步走向死亡
可我们仍然要活着
也就是——
埋下的种子
都发芽，开花，结出果实
开凿的井终日清水不断
遇见的人既不躲闪，也不沉默

CONTENTS

目 录

序 诗心的追问

阎连科

一个小说家把散文写好也是分内的事情。但如刘汀这样，年龄中还含着青嫩的汁水，却已经把小说写得果实累累，且散文又写得如此有枝有干，根深叶茂，呈现出独有少见的境况，这委实让人意外。让人感慨，文坛的交替，终是该来的要来，且那到来的不仅是春秋岁月，更是他们别样的作品。

是他们的写作，在更替着作家的少老。

《浮生》，是一本会被万千书籍密密埋压的散文，可你一当发现，一当阅读，它就会从如海的作品中滑舟而出，帆起船行。如果当下的文学写作，是一片乱砍滥伐而又被新的横生野长重新覆盖的林地，那么，刘汀的这本散文，就是挺起在一棵巨大的树桩上的新生。因为那树桩的粗大，因为它四处盘结的根土，这一枝新生，也就可能注定了它的挺拔，注定了迎风照日的猛生蹿长，注定了在新生林地中它的高头大马。

刘汀在这部作品中间，是那么鲜明地绳拧着一个作家对生活无处不在的疑问。《浮生》，是散文，又不是散文，而是借散文之笔，写出的一部用诗心对生活不懈的追问。为什么生活是这个样子？为什么每个人都活成了别人？为什么我只有从别人的生活中才能看见自己？人家的路，为何总是载着我的脚痕？而我要找的我的印迹，又散落到了哪条路上？读单篇的《别人的生活》《我们选择的路》，追问就像敲在头上的锤，让阅读者的脑壳和胸膛，都有振动的声响。《灵魂是什么东西》《自由在哪里》，是人为什么要活着，为什么会活着，应该怎样活着的来自一个人冥思的自问与自答；是一片在世俗的细碎中不肯沦落的灵魂，在人群中跳动的闪躲，它时时会被人群和世俗所吞蚀，而这跳动的疑问，却又在世俗中透出尖锐有力的呼吸，对抗着吞蚀的可能。整部作品，都被追问提纲和绳牵，甚至让人怀疑，作家如此对生活不懈的迷困和追问，又如何可以活在这个平庸、现实的人世之间呢？

无论是为文，还是为人，作家的妙巧，也就在了这儿。疑怀世俗，却又透出对世俗无限的衷爱。病痛、孤独、乡愁、自然、田埂，哪怕是作家自己无奈中替老姑父在北京的医院高价挂号，而病人千里迢迢到来之后，专家医生又无端地休息歇班（《普通人的病与痛》），还是作家在文中写到故里，站在村头，对田野、村落、物景、人事的点点滴滴，都有一种浓到化不开的爱，有一颗对庸常生活的感谢心。甚至作家写到这些细碎的日常，有一种不愿停笔的渴望，仿佛不画出生活落叶的筋脉，就不足以在一幅油画中表现林地树木的繁华和更替。他的叙事，是那样的从容，笔尖的脚步，从来都不因风雨到来而凌乱，而急迫。而那来自对世俗、庸常、人生、命运、婚姻、情爱等一切一切的追问，都化成一个作家的一颗有着钻楞的诗心：面向生活的叙事和抒情中的脚音、韵律和节拍，从而使这部散文，成为一首颂扬和疑问庸常的长诗；或者，是烦恼人生的林地油画，而疑怀和追问，则是那油画中凡·高最为刺目的色彩。

读《浮生》，让人想到刘亮程的写作。不一样之处，是前者把满含哲学的追问，都置放在芸芸人众的日常和烦恼之间；对叙事的热爱，如同田野对雨阳的等候；而怀疑成了生活和生活之本身。而后者，则把哲学的眼目，肯定地投放在西部的荒野，而使生活成为孤立的存在，而人也因此在孤立中奇崛。还有天香地艳的李娟的散文，在生活和语言中开出一朵思辨、善美的花来，简易如我们在戈壁中捡到了一粒石子。这么说，是不是一种散文新写的时代已经到来？无所谓大散文或者小散文，长散文或者短散文，深刻或者浅淡，而作家先天的目光、态度和天然的叙述，才是新散文呼吸的喉结？

谁知道呢。

总之，刘汀和他的《浮生》，让人感到一种散文的别味和新味雨淋样的到来，使人在阅读后淋雨而透湿。他的写作，没有他们节制，也没有他们在文字上那么闪光的钻影，可那颗对世俗、生活、人生疑怀、追问的作家的诗心，却更为鲜明地筑砌了生活的嶙坝，使读者、作家、生活和写作，都有了艺术的边界，让我们在阅读中不至于野荒地漫跑，不至于长途跋涉后空手而归。

别人的生活

“别人的生活。”

这几个字在脑袋里盘旋得实在太久了。

最初，我想它适合做一首诗的题目，可不管如何翻来覆去，也写不出这首诗来。又觉得写成无法归类的闲散文章，或许更好，但这文章也是越拖越艰难。直到有一天我想到，也许，它在我心里的漫长和重要，不只是一首诗、一篇散文，同时也是一篇小说，甚至是一种生活态度。

但我只能先写这篇文章了，并且为了督促自己真的开始写，早早在微博上爆出这个题目，好多朋友都说：写吧，要等着看看。可见，不只是我，许多人对“别人的生活”都是极感兴趣的，又或者，他们把我和我的文章，当作了另一种“别人的生活”来期待。说到底，所谓别人的生活，也就是我们自己的生活，这必是老生常谈的道理，但实在是少有人真正注意这一点。我们经常弄混那作为个体的“别人”和作为整体的“别人”，也就经常忽略了别人。当全世界都充满你的时候，你，是不存在的。

于我而言，发现别人和别人生活的漫漫路途，也正是自我意识逐渐形成的过程。这路途有两部分。前半程大致是拼命地要把自己从千万个别人那儿拉出来、区别开，而后半程，则是千方百计把自己融入人群中去，如一滴水落进无尽的水里。因此，在这个时刻——我写这本书的时刻，也正是两个阶段的交接点，我独自驾着一艘小船，要渡过急流，到达彼岸。我回到那儿，成为别人里的自己，和自己中的别人。

1.

年纪轻时，并没有一个清晰的“别人”的概念，首先有的是“别人家”的概念，或者说，那时候别人不是一个人，而是一家人。大概是十年前，一位老师在课上说：人们都是看着邻居过自己的日子的。这句话像手术刀一样帮我划开了迷雾，显现出一个被遮蔽已久的微观世界。谁人不是呢？邻居家有了电视，咱们家也得有；邻居家又有了冰箱，这个，咱们家还是得有；邻居家的烟筒冒烟了，咱们家也该生火了；

邻居家的灯亮了，咱们的手就伸向了灯绳……别人的生活，也就是别人家的生活。我也就才明白，从懂事起自己的所有好奇，主要是对别人的生活的好奇。

小时候，大概是因为家里境况一般，又受着本能的欲望的驱使，我脑海中盘旋最多的一件事就是：别人家都吃什么饭呢？尽管我知道村里绝大部分人家的伙食都大同小异，可是具体到某一顿饭上，我还是好奇得不得了。简简单单的一餐饭，就是另一个家庭全部生活的征兆。在农民那儿，每一顿饭虽然不如城里那样讲究，简单而随意，却有着内在的逻辑和规律。什么样的日子，人们会吃肉、吃饺子，有大事好事时，桌上才会摆酒，红事吃什么，白事吃什么，等等。小小的餐桌，粗瓷碗和竹筷子，盛载了一家人跌跌宕宕的悲喜。

我不断地猜测，别人在吃什么呢？是面食吗？是米饭吗？炒菜了吗？是不是有肉？就算也是米饭，和我们家的米饭一样吗？如果恰好在某个饭点儿，走进别人家的门，就会偷瞄人家的饭桌，想知道确切的答案。人们会客气地问，吃饭了吗？要不要一起吃？坦白吧，我真想一起吃。因为除了对他们吃什么感到好奇，心里还残存着另一个偏见——别人家的东西，似乎是比自己家的要好吃些，至少是不同的。虽然我也吃过，并没有发现绝对的不同，可下一次遇到，我还是会忍不住要猜测、尝试。我所好奇的，既是食物本身，更是食物背后别人的生活秘密。

后来读初中，便开始住校，离开家，家庭不再成为我生活的主要场景，我渐渐意识到“我”的生活和“别人”的生活，不一定总是同步的。同样的时间和事物，对不同的人来说，可能意味着完全不同的东西。比如说，初中时，我常年穿的是母亲做的布鞋，同学中有人穿着漂亮的运动鞋，我也很想有一双。在那时，我以为运动鞋对每个孩子来说诱惑力是一样大的。现在我知道这是误解，对于轻易能买到运动鞋的孩子来说，运动鞋完全不是诱惑。然而我穿着布鞋，置身于一群运动鞋之中的时候，我没法不被“运动鞋化”，脚上的鞋子几乎就是我的脚本身，我之所以要在晨跑时那么奋力，在做操时动作标准，大概就是在假装自己也穿上了同别人一样的运动鞋。

这是年少时的虚荣，却也是最真切的感受。

同事讲过一件事，说小区里的妈妈们总三五成群，互相交流和讨论教育孩了的事。这种交流传播了许多好东西，但同时，如果你没有足够的原则性和定力，很可能就会不知不觉被别的妈妈牵着走。于是形成了这样一个不明显的规律：你和什么样的妈妈群体在一起，决定了你将成为什么样的妈妈，很大程度上，也就决定了你的孩子将成为什么样的人。如果这个群体里，每一个都热衷于谈论报班、补课、学特长，你就很难不去这么做，否则你和你的孩子都将失去安全感，除非你转移到另一个完全不这么干的妈妈群。这时候，别人的生活，就不仅再是展示意义上的别人，它悄然地隐藏了一种强迫力，迫使你不得不跟着潮流走。这就好像，当我们身在地铁早高峰和节日的火车站那巨大的人流里时，很难有自己的方向，只能像河里的一滴水，沿着别人的河道缓缓向前。想得悲观点，别人的生活，实在就成了你的生活，即便乐观一些，也不过是你过上了和别人一样的生活。

2005 年，本科毕业前一周，我不知怎么染上了水痘，被隔离在师大的校医院里，不能见任何人。将近两周左右，整个病房里只有我自己，除了每天给长了水痘的脸和手臂涂几次药以外，大部分时间都是百无聊赖，书也看不下去。我知道外面的同学们都在忙毕业，把四年来聚集的各种证件退掉，领回许多新的证明和表格，吃散伙饭，感伤，但我只能一个人在医院的病房里苦熬。这半个月，我和别人失去了最基本的联系，被实实在在地和别人隔离开来，我觉得自己被抛弃了，完全离开了生活轨道。我被绑在柱子上看着人们狂欢，甚至都不是看见，而只能想象。经过了烦躁、焦虑之后，我强迫自己换一个角度来看这件事，那就是：我和别人之间，因为隔离的原因，呈现出了一种平常生活里不可能有的状态，索性把它当成一次特别的内心实验好了。于是，在二楼的病房里，这个被隔离的青年唯一的乐趣就是想象别人的生活。我站在窗口，看楼下马路上经过的人们，学生、工人、不知道是干什么的人，他们来来往往，从某处而来，奔着某个目的地而去。这种感觉好奇怪，好像我是电视里的人，而其他人都是实实在在的，不是我在看他们，而是他们在看我。

当隔离解除，我要离开病房时，竟然对由别人组成的人群感到了一丝恐惧和陌生，当然更多的仍是回到别人的生活里的渴望和热情，这是多种矛盾的情绪的结合体，它把我置身在翻炒的热锅里，一面又一面地炒烫着。走出门，七月的阳光照热了我被药水涂抹过的身体，然后路上的所有人都变得很近，我和他们擦肩而过，回到宿舍。我后来想，监狱里的人们，是不是也有这种感觉？应该更强烈吧。

但有时候，即使你在人群之中，也还是会感觉到这种疏离。电视台偶尔放《圣斗士》《小龙人》《还珠格格》之类的片子，老婆总会说，她都看过。我无话，因为我的童年和少年，和这些东西完全没有关系。因此我常和她开玩笑说：“和你们比，我就是一个没有童年的人啊。”在别人共同经历某些生活的时候，我过的是另一种日子。这当然和好坏无关，可当你身处在绝大多数人都有共同记忆的群体里，就会感觉到一种疏离感。这个时候，我会强烈地感觉到一种“别人的生活”，因为这个“别人”有某种共同的体验或记忆，而我没有。

2.

我的眼睛是一部特别的仪器，曾记录过许多有意思的片段，它们无意识地储存在脑细胞里，然后等着被某些精神的逻辑穿针引线地联系起来，形成我所见的世界。人们不知道，我有多爱这些片段式的“风景”，正是它们，构造了我自以为丰富的内心生活。

有一次，我和老婆去吃自助餐。我在吃东西的间隙，看到一个女服务员偷偷地喝客人杯子里剩下的饮料，她小心而羞怯。但她被另一个年纪大的女人发现了，她似乎是女服务员的母亲，把她拉到一边，嗔怪地训斥她，她不发一言，眼神里所有的欲望都变成一种落寞，还深藏着倔强的不甘。我瞬时没有了胃口，不知道是何原因，所有的食物都被这件事涂上了一层防腐剂，没有了香味和色泽。

因此我也有另一种顽固的好奇：餐厅里的服务员，究竟怎么看待自己售卖的美食呢？商场里的售货员，又怎么看待自己售卖的奢侈品呢？这些东西，在他们的观感里和在消费者那儿是一样的吗？我会假设，如果我从乡下到了北京，在一个餐馆里上班，每天面对想也不敢想的美食，肯定会非常焦虑，这焦虑不仅仅是因为我自身对它的欲望，我还会想到，城里人每天吃这么多好东西，浪费这么多好东西，可我乡下的家里人，是连见都没见过的。这焦虑是对一种完全不同的生活的焦虑，可能深埋着向往，潜伏着不满，甚至最后会倒向痛恨。我们谁人又能避免这条心路？本科时，宿舍同学关系很好，但毕业前，一位室友醉酒后大发雷霆，他愤怒地对宿舍里一位家庭状况好的同学说：不要以为你有钱就了不起。而事实上，他并没有多有钱，也没有表现出有钱人的姿态，但总还是有差距，两个人过的是完全不同的生活。这两种生活，可能在人海中相安无事，但窝在斗室中四年，却会在其中一方的心里埋下许多东西。我需要坦白，很多个时刻，我也一样有着无知的愤怒，大家一起去聚餐，为了让整桌的价钱尽量低一点，自己分担得少一点，只点最便宜的菜；看着同学毫不费力地买了自行车、电脑、手机，然后自己背起书包去自习室，却无法安心读书上的字，因为我刚刚写了一封信给家里，向在田野里劳作的父母讨生活费。这种时刻，我的心里无法不涌起悲伤和愤怒，我知道，它源自自卑为底色的自尊，源自贫穷为基础的贪婪。

正是这些细小的风景，让我看到并假想了别人的生活，公交售票员、服务员、出租车司机、地铁安检员、传达室大爷，以至于许许多多擦肩而过的陌生人——别人，所有的别人。我想，也许只有当我们真的在眼里看见别人了，别人才是有意义的，我们对于别人也才是有意义的。

有熟人从重庆回来，找我和另一个朋友喝酒。大家不可避免地说起这个城市和它的故事。重庆这位朋友在酒桌上诚恳地说：我不管外面的人怎么想，我是老百姓，我就觉得，只要给老百姓实惠的官就是好官。这一点也不奇怪，身边太多人有如此想法：我不管你有什么阴谋诡计，只要我得到了实惠，我就支持你。我试图告诉他，世界是如此之大，在你和你的视野之外，还有别人，你们在得到实际利益的同时，另一部分人未必如此，任何人的生活都不是与其他人完全无关的。他嗤之以鼻，说自己不在乎。对他而言，别人对某些东西的恐惧完全不应该抵消他们从同一种方式中获得的实惠。他说，他不在乎是不是内部斗争，是不是为了往上爬，是不是作秀，他只在乎自己的日子过得怎么样。以自己的利益为认知世界的坐标原点，这当然谈不上是错的，但你总会觉得缺了点儿什么，有什么不对，是什么呢？我想，也许就是对别人生活的真正的漠不关心。

同酒桌的另一个朋友，是公务员，当上了科长，属于或已经迈向了这个社会的成功阶层。和每一个所谓的成功人士一样，他不停地要教育我怎么过生活。我有些无奈地听着，他每说一句话，我都觉得我们的生活距离在拉大。他说：你一点儿也不笨，你应该混得比我们更好，你不要整天假清高，我告诉你，你在单位里，你要入党，不用想别的，你就琢磨你的领导，把你领导琢磨透了，什么都妥了。我也有些酒意，试图和他辩白，世界上绝非只有他过的那种生活，还有更多的人只是很简单地工作，做想做的事而已。但我放弃了，我不觉得自己能说服他，因为他完全不知道其他的生存方式一样能给人带来幸福，甚至更可贵。

这样的人很多，他们以为自己掌握了“第一真理”，然后便觉得别人应该遵从这种真理。可是，我其实多想让他们知道，别人的生活对于我们何等重要。不信去看看，微博上多少人在关注转发评论着别人的生活，得病的求助者、被拐的儿童、地震的救助、天津的大火……在他看来，这些事和许多人是半毛钱关系也没有的，可是那么多人不惜付出代价，冒着危险去援助他们，是为了什么呢？这真是一个很简单的道理，因为那些别人同时也就是我们自己，我们也是别人眼里的别人。也有人问，你每天转那么多负面新闻做什么呢？有什么用呢？你能解决这些问题吗？

这个我真的不能，就算有一千个一万个我也做不到，可是我能让多一个人了解真相，能对这个国家有多点清醒，而不是一味陷在自己的小日子里，不也很好吗？我觉得这很好。

有一次饭局，大家喝了点酒，不知怎么就谈起了国事——现在说这个，都像是装的——反正是谈起了种种不公不义。我坚持说，作为普通人，读了点书，知晓些是非的人，哪怕你什么也做不了，至少该保持你内心的愤怒。一个朋友反对，他的理由是，要么就去做，所谓只保持内心的愤怒云云，实在是一个逃避的策略。我不这么觉得。不管是革命还是改革，绝大多数的人最初都只能是观望者，一旦事情爆发，内心有着清晰的判断，和从无所谓而来的茫茫然相比，要好得多。至少，当路途分叉时，你知道自己更应该倾向于哪条路。对普通人而言，我以为这一点很重要。

3.

我们对别人生活的关心，未必都是好的。比如说，我们聚会，聊天，说起车子、房子、孩子，这种闲聊有时候是轻松的，有时候又极其令人烦躁。因为一些谈话的人总要不失时机地表现他对你生活的高高在上的态度，这很奇怪。太多的人被热心人问过：谈朋友了没有？结婚了没有？买房子了没有？生孩子了没有？当你给出一个答案，他立刻举出一个比你好的例子，来证明你的失败。注意，我指的不是那种实实在在的问，不经意的问，而是已经蓄谋已久的，他们问这种问题并不是关心答案，而是享受这个问的过程。这有点像一个站在河岸上的人对着水里的人说：你为什么不上岸呢？

那么，我为什么要上岸呢？

如果我还不想上岸，如果岸上并没有我要的东西，如果我被水里的水鬼抓住了脚踝，如果这河水实在太温柔清凉了，如果有鱼儿绕着我的腿在游，我就不上岸，仅此而已吧。人们看见不结婚的人、晚结婚的人、同性恋者、丁克家庭，就自动把他们划成异类，甚至潜意识里给他们贴上某种不安全的标签。因为他们的存在，让我们习以为常的秩序感觉到危机。怎么可能？他们怎么可能一辈子单身？他们怎么可能一辈子租房子？他们怎么可能不要孩子？他们怎么可能没有上进心？但是奇怪的是，如果有一个富翁买了一栋大别墅，他完全住不过来，人们却并不觉得奇怪；一对夫妻要多生几个孩子，人们也不觉得奇怪。为什么呢？为什么有一定要比没有更让你们觉得可靠？

这当然都是人人所不免的，我和朋友见面，也会问出这种问题，但绝不能以为自己真的就有了天然质问的权利。我常提醒自己，把这种关心中的“为什么”去掉，换成另一种问句。我有一个幻想，对于这样的事情，什么时候我们能以问“吃了吗”的心态去问对方“为什么”，或许是正常的。

我们难免会想起庄子那个经典的寓言：子非鱼，安知鱼之乐？子非我，安知我不知鱼之乐？说来说去，这也不就是我们和别人的关系吗？没有任何一个人，可以真正知道别人在过什么样的生活，但我们都能从自己的生活去做出一种假设：人同此心，心同此理。不如此，我们就没法设立交通信号灯，不能建立任何公共规则，没法达成任何人际关系，没法做哪怕细微的交流，更没法过群体生活。

我们活在世界上，就是要和别人建立一种关系。走在大街上，你潜意识里肯定要知道，那些开着汽车的人不是疯子，不会无缘无故地撞你，你才能安全地行走。人们有一种无形的协议：那就是遵守着某种默契，大家相安无事。一旦这种默契被破坏，我们和别人之间，就得形成另一种紧张的关系。比如说，我们去饭店吃饭，假设他们的质量达标，不会有乱七八糟的东西，而饭店的人则假设你吃完会付账，不会吃霸王餐。但是突然，你在青菜里吃出一条虫子，或吃出别的什么不该有的东西，关系立刻就紧张起来。吃饭的人自然地对服务员产生了优势，就会义正词严地谴责他们，提出其他要求。虽然事实上错误可能是配菜工的，是厨师的，是端盘子的，但我们会把所有人看成一个整体，他们的错也就是服务员的错。

2009年的春天，膝盖出了点问题，几个月的生活昏天暗地，心情差极了。我和所有落入困境的人一样，不停地问：为什么是我？为什么别人一切都是好的？那段时间，三天两头跑到医院去做各种检查，在那儿，我忽然发现所有的别人都和我一样，有着或大或小的病痛。前一个患者从诊室出来，后面的患者都会关切地问：怎么样？医生怎么说？他或她说，医生说没大事，也可能有些悲伤但仍露出点微笑：得做手术。人们在狭窄的楼道里，在各自的病痛中，建立了一种奇特的联系，这联系中你和别人忽然不再如此陌生了。但是，一旦走出医院，我们又成了互不相识的陌生人，这种关系戛然而止。

4.

微博上有一个段子，说的是梁朝伟喂鸽子："看报道说，梁朝伟有时闲着闷了，会临时中午去机场，随便赶上哪班就搭上哪班机，比如飞到伦敦，独自蹲在广场上喂一下午鸽子，不发一语，当晚再飞回香港，当没事发生过，突然觉得这才叫生活。"这个段子被转发和评论了无数次，甚至衍生出许多种"生活体"。我觉得这个事很有意思，人们对它的热情表明，似乎每个人都在向往着另一种生活。

我们确实太经常说这样一句话了：那才是我想要的生活。

虽然每个人的“那儿”不同，但大家都觉得有一个美好的“那儿”，那才是自己的理想国。它几乎是缠绕了大部分人一辈子的问题，我们就是怀着不满和期待走完了一生，这到底是可笑还是可悲？如果那才是我们想要的生活，现在过的日子又算什么？是别人的生活？我们过了一辈子别人的生活？

我不认识富人，不知道那些已经无须辛苦上班的人怎么活着，又怎么看待活着，但我想，他们也未必就真的满意自己的生活。物质上他们什么都不缺，可能精神上空虚；物质和精神也什么都不缺，可能偏偏得不到所爱的人；如果爱的人也有……我总以为人是不可能真正满足的，所谓欲壑难填，人就是那个在烧红的烙铁上站立的物种，不停地跳，以为跳起来，跳到别处会不那么痛，但很快就又落下来。以至于，别人的生活成了一种想象的生活。

说来说去，写别人的生活只不过是为了更清楚地看自己的世界。在睡梦中恍惚起来，会有那么几秒钟，觉得眼前的一切都可能像肥皂泡一样破掉，我认识的所有人和他们的生活，都破掉，就像从另一个梦中醒来。但后来我感到安心，不管我在哪个梦里，或者不在，都始终有一群别人在，他们一点一点地建筑起我能看见和感受到的世界。这个世界，有时候很大很长，甚至在地球之外，时代之外，有时候又小得只是两个人，吃饭，说话，擦肩而过。

去年的早些时候，一个女孩在微博上直播自杀，让人们唏嘘感慨，深受触动。有人甚至把她的微博整理出来，看作是一个绝望女孩的死亡诗歌，于是我们从中看到了和自己相关的悲剧。可是，在此之前，有谁会知道她内心所经历的痛苦呢？不要说我们这些素不相识的网友，那些和她认识甚至是熟识的人，又有多少注意到这些？注意到的又有谁会觉得她的痛苦也可能是自己的？

于是文学是多么的重要，只有通过这个世界才能从内心把别人的生活和我们自己的连接起来。看《安娜·卡列尼娜》，安娜绝望地卧轨时，仿佛也是我们的绝望；看《城堡》，土地测量员 K 始终被拒绝进入专门为他而设的门时，他的荒诞也是我们的荒诞；看《罪与罚》，穷学生拉斯柯尔尼科夫所经历的屈辱和罪责也仿佛是我们的……总之，总会有一本书和你相关，总会有一个人物是你在文学世界里的孪生人。但在现实里，我们从来难以和一个卧轨的人，一个绝望的人，一个屈辱的人感同身受，我们不能从他的行动和形象上去理解他，这是活着的幸运，也是生存的可悲。

究竟该如何解释世界

写文章者，大概都有两种态度：一是要告诉别人什么，二是想帮自己理清什么。我写作的主要基点是后者，写作的冲动主要源于自己面对的困惑和自我解惑的尝试。这些思考一旦让我觉得能帮我解答问题了，便会形成一篇小文章。至于，别人读了能引起些感动和思考，那真是意外的收获，也为此欣喜。

这篇文章也不例外，如何解释世界，是我一直在想的事情。它无疑是个大题目，而且一定不会如《别人的生活》和《我们选择的路》那样讨好，但这个话题对我实在有吸引力，从最初有写的想法，到如今正式落笔成文，也有一年多的时间。我当然无力从哲学或者科学的层面来说，只能一贯地立足在自己的生活经历中，以普通人的观感来写它。事实也是如此，哲学家大牛和科学先驱们总能对解释世界这件事提供新鲜的理论资源，但大部分对普通人而言并无意义，它们或许可以解决终极问题，但日常生活只能用基本常识来阐释。因此，我极想从一般人的角度来讨论一下：我们究竟该如何解释世界？或者说，在我们解释世界的时候，究竟说出了什么，隐藏了什么，夸张了什么，又生发了什么？

1.

六年前的一个春节，我和老婆回我家过年。我们从北京坐一夜火车到赤峰，从赤峰再坐5个小时汽车，在腊月二十五和在另一个地方工作的弟弟会合于老家的林东镇。林东通往村子的班车于下午一点半出发。我们逛了逛林东镇，寻找了一些高中时代的记忆，又在一个电器商场买了一台DVD机。这之前，我已在北京淘了几张集成了许多电视剧的光碟，计划着以此打发春节期间吃饭和走亲访友之外的空闲日子。作为一直以来的老少边穷，老家农村没有有线电视，而那时候似乎也还没开始村村通工程，连农民自设的接收电视信号的大锅，也还只有极少的人家才有钱立起来。因此，一整个春节，人们只能看到中央一台和内蒙古台，而且白天电视只放到初五，其余的时间只有晚上7点以后才有节目。但是在漫长的冬日，除了做一些必不可少的活计之外，在北方农村，电视真是填补无聊日子的一件宝器啊！

在碟片里，有那年很火的美剧《越狱》。父母对这种翻译过来的外国剧并不感冒，何况是没有配音的字幕版。我们年轻一辈则看得很有滋味，为情节的起伏和人物的命运而感叹。母亲并不爱看，但也坐在热炕上，一边纳鞋底，一边陪着我们，偶尔瞅上几眼，看我们的次数总要多过看电视的次数。某一天，似乎我们议论起剧中人的遭遇，又似乎不仅仅是议论，还有了争论，各有各的说法，大概是为哪一个角色为什么入狱，背后有怎样的故事而意见不同，并且前前后后地为自己的说法找根据。当然是谁也说服不了谁。

母亲用顶针把大头针穿过鞋底，扬起手臂把麻绳拉过来，突然说："说啥呀，这些人就是命不好。"我们的争论在这一瞬间变得毫无力量，也毫无意义了。我发现这句话是一个解释终结者，它能直接把最终答案呈现在你面前，甚至让人无从反驳。这是母亲她们这类人解释世界的一条黄金准则，无往而不胜。我们在争论时，仍是把《越狱》看成是电视剧，会说导演为啥要这样安排，编剧何以要这样写，角色怎么能如此演，但对母亲而言，这也是电视剧，但剧中人并非纯然的"虚构"，她会把这个故事当作"真实发生"的事情。这是介于我们一般所说的虚构和真实之间的一个层面，它并不事实存在，但对于人的意识和观念来说，它又是一个存在的事实。

既然这个故事是“真实发生的”，母亲对《越狱》的解释，就可以纳入到她对生活的解释的范畴里。而在生活中，“命运”是村人解释人生种种悲痛或快乐、离奇或平常的遭遇的根本哲学，没有任何人也没有任何事可以逃脱它的制约。比如，有一家的孩子考上了大学，人们在说孩子聪明时，会对他的父母说：你们命真好。再比如，有人在砖厂被砸断了双腿，下半生都要在轮椅上度过了，人们会叹息着说：唉，这孩子命真不好。命运横亘在每个人的道路上。

此前，许多人都把这种说法看成是迷信的一部分，这是错的，它不是迷信，反而是农民们解释世界和人生的逻辑起点。特别是对于无力左右的事情，他们都会归之于命运，因为所有其他解释都不能让他们获得内心的平静与平衡。他们所说的“命运”，不是俄狄浦斯那种强力的无奈，也不是悲剧性的，而是一种对或悲或喜的顺其自然。这个命运，是他们日常生活的起点和终点，维系着农村人精神世界的恒久和稳定，否则，如何去抵御一生中那么多辛苦的日子呢？如何去解释许许多多无奈的遭遇呢？不像西方人，有宗教可皈依，他们只能在世俗的层面上找到自己愿意信任的依据，并靠着它，活一辈子。

一旦这样去看，我就再也不会狭隘地觉得城市要比农村先进，也不会自以为是地认为拥有更多知识者获得了比村人们更多的生活智慧。农民们在无数世代的漫长时间里，建立起了自己固有的解释逻辑，这个逻辑支撑着整个世界的运转。对任何事，他们都有自己独有的解释方式。村里有一户张姓人家，丈夫叫张学，在40岁时死了，给妻子留下两个儿子，家里穷困，妻子一个人无力给两个儿子盖房子娶媳妇，不得已和村里的一个快50的光棍结了婚，过到了一处。光棍姓孙，在村西头，也是一个大家族。但此后，一般的村民说起他时，总是将其称呼为“晚张学”，意思就是后来的张学和第二个张学，没有人叫他原来的名字。只有他们本族人，或者村民们当着他和他本族孙姓人时，才为了礼貌而称呼他本名。这是很有意思的一件事，在整个村子的观念体系里，家庭被看成是一个稳固的符号结构，个人不过是其中的一环，张学的死亡使这个结构的一个链条断裂了。孙姓人“入赘”到张家，不过是替代张学在符号链中的位置而已，因而他不能再做孙某某，而只能是“晚张学”了。

世界固然是物质的实在，但更是人的观念，对我们的精神而言，观念是更强烈的真实。我从这件事里知道，重要的不是你姓什么，叫什么，是谁，而是你会被解释成谁。或许，就在这些解释中，生成了农村之为农村的意义，也生成了农村人和城市人的差异。

2.

就是从那一年开始，我隐约对人们解释世界的角度和方法产生了好奇。后来，这好奇让我发现，用不同的方法去解释，世界竟然是如此的不同。这论调当然实在不新鲜，甚至古老得可以，但人们却常常忘却这些常识性的知识，直到被某种东西提醒。

很多年前看过一个故事，两个鞋子推销员到了一个全民光脚的国度，他们给领导发回两份报告，A说：此国人根本不穿鞋子，完全没有市场。B则说：此国人完全没有鞋子穿，市场广阔。第一次读到这个故事时，应该是在高中，还没有微博，网络也并不发达，来源大概是《读者》或者《青年文摘》。当时只是觉得同样一件事，说法不同，结论也完全不同，真是太有意思了，但并未深究这里面包含的东西，我和所有人一样，本能地以为它只不过说出了一个“人尽皆知”的道理，横看成岭侧成峰嘛，没什么大不了的。直到最近，我开始仔细地想这篇文章，才发现大概是我们对所谓的“辩证”太过习以为常，以至于在真的面对和思考某件事时，完全忽视了它的本义。光脚的国度，被解释成两种需要，而这两种需要将导向两个完全不同的结果。

有一段，微博上传了一张奥巴马在雨中演讲的照片，照片上的奥巴马浑身湿透，关键是没有人给他打伞。对于给官员打伞这件事，中国人的感触相当之深，媒体时有报道，无须多言。奥巴马之淋雨演讲照一出，各种带政治意味的解释五花八门，很有意思。有一种说：看看人家，被雨淋了也不像我们的官员摆官架子，让人给打伞。另一种则举出一些证据——如奥巴马的团队明明知道天气预报报有雨，故意让他淋雨以博得大家的好感，人家是故意的——反驳前一种说法：醒醒吧，别做梦了，这其实就是巧妙的政治作秀，还以为“美帝”多么好呢。他们都说出了部分事实，其一，奥巴马确实没有打伞，而我们的官员则总是有人打伞；其二，奥巴马也确实在作秀，为赢得选民的好感。有人赞同其一，有人赞同其二，还有一部分人看到两种说法，并以为两种解释都有合理之处。同一件事，在不同立场的人那儿，被解释成对各自有理的意思。这让我想起赵本山的小品《卖拐》里的一句台词：恭喜你都得俩答案了。这句话只是被看作一个包袱和笑语，其实套用在现实上却能看出极大的写实与讽刺。我们中的很多人，一贯只会用一种思维、一个立场和一个视角来思考问题，哪怕偶尔多了一个角度，人们都要欢呼：恭喜你都得俩答案了。但事情到这里还不算结束，二元思维下的两个角度不过是前进了半步，我们的思考应该更深入些。比如说，奥巴马所为是作秀无疑，而我们的官员有时候连秀也懒得秀一下；即使也作秀，秀的水准是不是能和人家秀的水准来比？又或者，中国人民能想到奥巴马是在作秀，并以此来说明美国政治也同样虚伪，难道美国人会愚笨到想不到吗？也许他们本身就把政治看成一场秀，关注的是怎么秀和秀得怎么样。更重要的是，即使奥巴马也作秀，即使他的秀做得同样烂，但这绝不该成为中国官员可以作“秀”的理由。你永远不能用别人的错误，来为自己同样的错误辩护。

不妨再说一个和美国有关的例子。有段时间，有关“中国式过马路”的报道非常之多，大家似乎对此都很深恶痛绝，但走在马路上还是能看见许多人急匆匆地闯红灯。很快，不到半个月左右，另一个报道也就出来了：美国人更不讲交通规则，他们闯红灯比我们还厉害。这种说法的背后，不但隐藏着上面所说的以别人的错来为自己的错辩护的逻辑：看，连美国人也闯红灯，甚至比我们还厉害，所以就不用老指责中国人了；还有另一个隐含的前提，大家都不明面上讲，那就是说这话的人潜意识里是把美国看作比我们先进的国家，才有此一说，潜台词大概是：发达如美国者闯红灯也很厉害，所以不要老说中国人了。可实际上，这是何等阿Q的精神。

3.

中国人对解释应该最不陌生了，一直有人在替我们解释这个世界，甚至是通过各种解释，来管理我们的情感和情绪。每年年末的那段日子，电视台里的很多节目，一定讲述各种故事，使用多种方式让看电视的人们感动，让他们哭出来。我们应该听够了这些，应该有自己的解释了，毕竟是我们一个个个体在世界中活着。有时候我们成为这个或那个群体中的一员，但更多时候，我们只能是自己，是作为一个人，在和其他人相处。

对普通人来说，解释世界的根本原则，不是某一种或某几种解释能够清楚地说明事情的真相，解释永远是罗生门的，其根本原则应该是有自己的解释方法，但并不因此就天然地否定其他的解释。解释当然有其底线和原则。解释有一个隐含的前提——事情确实存在一个真相，这毫无疑问，但需要提出的是，在向真相努力进发的时候，一定要知道的真相也并不总是可靠的，尤其是我们被解释出来的真相。

梦幻泡面

九十年代中期，我在内蒙古北方的一个小镇上读高中。

说是小镇，其实不过是有几栋七八层的高楼、几条零落着商店和小吃店的街道，本质上还是大一点儿的村子。学校的食堂极其简陋，饭菜更是口味单调，缺少油水，分量也不足。我们十七八岁的身体，每天都在对食物的极度饥渴中度过。或许，我与其他小伙伴略有不同的是，在寻找食物的同时，也在疯狂地搜罗着故事。稍有点儿叙事性的课程——语文、历史或每周一节课时间的阅览室时光，无法让我感到真正的满足。于是，散落在小镇四处的租书亭成了我捕捉故事的最好居所。租一本书，一天五毛钱，五毛钱买来任何大饭店都没有的虚构大餐。我经常晚自习时偷偷溜出学校，怀里揣着一本刚看完的通俗小说，匆匆去敲租书亭的铁门，像秘密接头的特务一样，跟老板换另一本书，再翻墙赶回教室。其代价是，仅有的只能换来简单食物的伙食费，又被租书占去了三分之一。但阅读的满足感，令我宁可饿肚子。

在一年多的疯狂阅读中，我看遍了小镇租书亭里所有的书，武侠小说、言情小说、商战小说、民间故事，甚至那时还不甚了了的盗版《平凡的世界》及盗版的几大本《鲁迅文学奖作品选》。这两部书躲在租书亭的木格子里，少有人碰，老板允许我以平时一半的租金借走它们。几天之后，我朦胧地感到自己打开了一个全新的世界，看到了完全不同的故事。而那些武侠小说看完，多是留下了零零碎碎的情节，也有的书虽只剩几句话深深印在脑中，直到此刻依然清晰如昨。

比如读金庸的《飞狐外传》，看到袁紫衣拒绝了胡斐，皈依佛门，心头不免难过。原先以为，这难过是因为男女主人公没有大团圆的结局，后来年齿渐长，慢慢明白，让我动心的是袁紫衣念出的那几句话：一切有为法，如梦幻泡影，如露亦如电。十几岁的我，并不甚懂这几句佛语的意思，却本能地由此感受到人生的偶然与迅捷，如梦，如幻，如泡影，都是虚空而转瞬即逝之物。当然，佛家此说自有其解释，但这诸多佛法中的一大部分，是与时间有关，与人在世间的感受有关。在这一点上，中西方哲学没有区别，抵抗时间，一直是人类文化中的根本部分之一。

古人说，天不生仲尼，万古长如夜；或者有关彭祖的传说，有关那些求长生的故事，以及他们所想象出来的土行孙和飞毛腿，本质上无不是在那个时代和语境中对时间的克服。当然，现代社会的飞机、高铁、手机，一次又一次刷新我们的物理速度和心理速度，也由此不断刷新我们的时间观念。这些发明及其影响太明显了，无须论证，却有一种最为日常的事物，悄然改变着我们的生活时间，而不被人重视。

我要说的是泡面。

1958 年，就在我们这边大炼钢铁的时候，日籍台湾人安藤百福（原名吴百福）在大阪府池田市发明了一种后来畅通东方世界的食物：泡面，或方便面。一如它的名字，方便是其首要的竞争力。但直到 1970 年的时候，中国才生产出自己的第一包泡面，随后慢慢侵入到我们的日常食谱之中。到现在，泡面已经成为中国最流行的简易快餐了。

二十多年后，在疯狂地阅读各种通俗小说的同时期，我第一次知道有泡面这种食物。六角钱一包，只有最简单的调料。但那时的泡面，对我们而言，并非如现在所认为的被一些人当作垃圾食品，反而是一种身份和地位的象征。在我们班级里，只有家里条件最好的人，才有资格吃泡面。我清晰记得，每当中午放学铃声响起，我们拿着饭盒准备去食堂吃饭时，就会有一个同学高傲地说：我不去了，我中午吃方便面。而其他同学则带和艳羡和渴望走向米饭和咸菜。我第一次吃泡面时，把饭盒里的汤兑了太多的水，只为了多享用一点调料的味道。那是一种我从未尝过的滋味，现在我可以说，它不过是现代工业生产的味道，可能充满了各种添加剂和可疑物质，但在二十年前，它却是我对美好生活的重要想象：一边读小说，一边吃泡面，人生享乐，无过于此。

后来读大学，同宿舍的新疆同学说，他们坐火车来北京，总要搬着一箱泡面上车。因为那时火车没有提速，从乌鲁木齐到北京要坐 72 个小时，三天三夜，至少有近十顿饭得在车上吃。我们可以想象，在这样一列从隔壁和荒野出发，穿过大半个中国的列车上，如果没有泡面，人们该如何抵御这漫漫长途。泡面消耗的速度，佐证着火车行驶的距离，当第 10 盒泡面的残渣被扔进垃圾桶的时候，人们终于从疲惫中望见了北京的楼宇。

泡面成了普通人生活里最重要的食物，但只有在夜晚，特别是深夜时，它才更体现出自己的特殊价值。

在这个国度的任何一个角落，万家灯火时，总有许多人家的光晕，被泡面的热气所氤氲。这鸡肋一样的密友，封存着神秘的力量，静静等着被渴望奇迹的人开启。很多次，我在校对杂志的样稿，或者写作、读书到凌晨，会突然感到一阵莫名慌恐。这恐慌来自于安静的独处，来自于所阅读和所写的故事的刺激，或许也来自于片刻矫情里所感受到的某些“如梦幻泡影”般的悲伤。

看着窗外的黑夜，感受着微弱的春秋之风，这时候，总有泡一包面来吃的冲动渐渐从胃部和心里涌起。最开始，你会用各种理由压抑它，但它总是如弹簧一般反弹，直到你心理防线崩溃。深夜的食物有很多，炸鸡啤酒、烧烤、汉堡、麻辣烫，但它们似乎都代表不了、也解决不了人在这一刻的状态。此时胃部的蠕动和精神的躁动，只有一包泡面最能将息，因为这种饥饿感更大的部分并非来源于身体，而是内心的空虚。中国版的《深夜食堂》里，特意设计了一个泡面三姐妹，不论演技如何，也不说植入广告，这一设计其实深得百姓生活之味。一个普通人午夜的空虚，任何高雅的事物和食物都难以填充，唯有泡面能让人在感到饱腹的同时，还体验到深深的自我厌弃。或者说，再没有一种食物能像泡面这样，把人对活着这件事的满足感和厌恶感的比例调配得这么恰如其分。

而这个比例，正是大多数人的生活本相：一切有为法，如梦幻泡面，如露亦如电。

泡面是一种纯粹的东方食物，而且是那个非西方眼光下的“东方”。你随便检索一下泡面、外国两个词语，都会跳出一大堆新闻：泡面总是让他们惊呆了。我始终好奇，如果萨义德还活着，他会如何讨论泡面？它是现代社会里东方人所提供的一种卑微而伟大的发明，或者说，这是古老的东方文明对现代时间所做的最有效的抵抗——以现代的方式抵抗现代。它诞生于东方人对面食和味觉的无意识依赖，也诞生于人们追求方便快捷的心理。对于那些原教旨主义吃货来说，每一次去西方国家，几顿西餐之后，就开始对家乡美食产生非理性的欲望，每一个细胞都开始疯狂地表演那段传统相声——报菜名。这时，只需一包泡面，舌尖上的乡愁便能获得足够的慰藉。

我检寻自己阅读当代文学作品的记忆，不管是国内的还是国外的，有些惊奇地发现，没有一篇专门写到泡面，偶尔提到，也只是被当成叙述的道具；或者说，泡面从未作为一种本体进入我们的文学书写，它只是停留在加班、赶路、出租屋或独自面对的深夜里。而那些其他的现代发明，早已在文学之中成为寓意丰富的元素，火车、电话、网络，甚至卡夫卡重新发现的甲虫和它无以计数的后代，等等，它们甚至逐渐形成了自己的文学表达脉络。

为什么如此日常而重要的泡面难以被文学化？难道是因为它过于日常，以至于无法再附着任何超出其本身的价值和意义？还是它过于类似于现代人，而我们早已失去了直接面对自我的能力？

我对此充满着好奇和渴望。我在想，当我们不断地去争论和表现人工智能给人类生活带来的深远影响的同时，倘若对这日常之物毫不关注，或无力把握它在这个世界扮演的角色,那会是现代文明的另一种偏颇。这偏颇可能导向生活的“白洞”，因为习以为常和视若无睹，而渐渐落入更大的虚无。

空洞的早年

漫长的文字之间，我想放入这篇风格不同的短章，我希望整本书的节奏，能像音符那样跳跃。它写于几年前，但放在这些年每一个雪后的日子，又都很合适。我知道，看多了故事和细节的眼睛，需要某些调剂。

这个早晨有雪，北京城应该又堵得一团糟，阴霾的天空下到处是人。我骑着自行车穿梭在车流人流中，汽车的尾气是灰色的，人呼出的气则是乳白色。街边，卖鸡蛋饼、烧饼、煎饼的车推小摊还在老地方，一阵很香的鸡蛋味零零落落地飘出来。我差点儿撞上迎面而来的公共汽车，这已经不是第一次了，走神正逐渐成为我在路上的方式。在路上，不就是元神出窍一般的行走吗？

我心中却是笃定的，它不会撞到我，它不会，它为什么要撞我呢？我和它之间就只有这么一擦肩的工夫，它不会多作停留。几年之前，我也会偶尔想起些往事，并沾沾自喜地认为那是充实而自得。可现在，在这个似雨非雪、终究成泥的京城里，早年的一切都变得空洞无物。小时候上学的那片树林——你是说那片树林？暑假时我还到过，可记不起什么可资回想的事情，它还原成树林自己。我的痕迹早已荒草萋萋，春秋枯荣了。就这样，我的小学时光悠然不见，当年的骄傲和懵懂也随之消失。然后是初中，然后是高中，然后是大学，直到此刻——消失的可不仅仅是记忆吧？

我的磨难在于，当早年变成一个巨大的空洞，它便具有了吸纳的力量，总要把我拉进空空如也的内部；可现实是，我得继续往前走，继续建立更大的空洞。

夜晚走近我的全是这些事：一个黑夜，村落西北部的荒野中，我独自行走。四周有许多深草丛，草丛掩埋着世代累积的坟茔，还有些杂七杂八的声音从不同方向传来。我到这儿来做什么？又一个黑夜，我在操场上跑圈，是初中时那个满地石子的操场，土墙之外，亦是一片坟地，还有一个奇奇怪怪的敬老院，隔一段时间就有某个老人离去。我不停地跑，仿佛是条直线。还是一个黑夜，北京的三环路，铁狮子坟，没错，这儿也是坟茔，我还是在走，然而任何光都让人恐慌：

黑夜哪里去了？

这三个场景循环播放，像个永不休止的大轮盘。我异常清醒，并感到孤单。即使在白天，它们也能真实临近。空无一人，到处都空无一人，或者是，到处都有人迹，但我们彼此完全看不见。

这便是我空洞的早年，除此之外，我并没经历过其他事情。我所担心的是现在的一切也变成空洞，我永远没什么实实在在的体验，仅有的只是同样空洞的文字。文字初生时，既热烈又饱满、丰盈如成熟的果实，可如果它不能被新的文字去填充，很快就会干瘪。就好像，如果没有新的雪不断落下，地上的雪总会化掉，变成泥水。

早年是空洞的，现在便实在了吗？不，多可笑，现在只不过是早年的墙壁，坚硬地围成这个空间。因为眼前的这一切，都是我们虚构起来的。你说北京，北京是什么呢？是大街吗？是人群吗？是历史吗？都不是，它顶多是人们一起搭建的精神积木。又有什么不是虚构的呢？唯一的实在，只能是我们内心永远表达不出来的东西。上帝说要有光，于是便有了光，于是光成了虚构；上帝说要有人，于是便有了人，于是人也成了虚构。唯一的实在，是上帝没有说过的那些事物，是他甚至并不知晓的事物。

这并不关语言什么事，没有语言，也只能是虚构的空洞。它的壁异常光滑，我们不断地向各方爬行，可前方后方无限延伸出去，你并不知晓自己在哪儿。早晨与我相向的公车并不存在，我想我能直接穿过它，和穿过空气一样。可我们何曾穿过空气呢？所谓穿过，不是空气迅速地躲开，你根本碰不到它，因为它也是虚构出来的。

时间并不是永恒的，我们更短暂。

在人与人之间，实体、影像、声音、灵魂，对我们而言是多么不同。那些我在现实中接触的人，虚构更多，因为只能把他们想象成他们现在的样子，才会感觉到他们；其次是那些模糊不清的影像，它们提供了部分真实，因为所有影像都必然凝固在一瞬间，一瞬间就是灵魂出窍那么长时间；然后是声音，我在广播中听到许多声音，我常常觉得它们是人本身而不是肉身发出的，因而听起来真切，可一旦你同某个声音对话，就不得不去虚构对面的人；最后，是那个难以捉摸的灵魂，所有的灵魂都是游魂，它们必须寄居在许多载体上，当然也可以直接寄居在另一个灵魂之中，它最真实，但若缺少了之前三种，你就根本感受不到它存在。明明知道它在，就是感受不到。这是我们命定的悖论吗？

值得庆幸的是，我们还有死亡，我相信它能够结束这一切虚构和悖论。等我们作为人的一切都消失，这个世界也就消失了，因为所有同你有关的事物，最终都会死亡。

可活着的这段时间，我们该怎么办呢？该如何去承受无所不在的虚构和空洞？

一瓢海水

1

我想说几件跟大海有关的事，然而海如此之大，我只取一瓢。

已经是十六年前了，大学二年级刚开学不久，铁狮子坟的乌鸦正在聚集，将在不久之后空气转冷时达到顶峰，日夜嘎嘎于树端。那时北京的空气还很清新，特别是秋末近初冬时，总能看见大朵的白云和大块的蓝天，只是人们很少抬头去看。如果当时知道十几年后，这些都是凭借西北风或雷阵雨才能达成的奢望，应该都会长时间看着它们吧。

自上大学时，我就带着某种隐秘的自卑，连高中时引以为傲的学习成绩，在全国各地的学霸面前也能瞬间被秒成渣；写作或许能算有些天赋，但苦于没有可以领路的导师，更疏于懒惰，也没有写出像样的东西。从乡村到都市一年多的交错体验之后，惶惑渐生且渐重，我想我应该出去走走，随便什么地方，但不能太远，因为缺少路费和旅费；还要能让我感到新鲜和震撼，否则不如把某路公交车坐到郊区的终点。

我在图书馆翻看了一本地图，但最终仍无法确定具体地点，可是约定的离开时间到了，并且跟朋友们做了预告：我要出趟门。于是，我必须出发，虽然不知去何处。

一个黄昏里，坐车到北京站，去售票口排队，售票员问，去哪儿？我说，最近的车票有哪儿的？天津。她说。我想，天津似乎是个不错的选择，离北京近，我也没去过。那就天津吧。但我在天津只待了一个晚上，因为发现那里除了人们讲话的口音和北京不同外，并没有多大的区别。第二天一早，继续从天津站坐车。我在车站的大屏幕上看到了一个名字：山海关。太好了，我想，就去这个在书中、影视剧中听了无数遍的地方吧，而且据说那里可以看大海。一瞬间，大海这个此前很少念及的形象砰然入心。

开往山海关的火车哐当哐当地走着，那时没有高铁，几乎都是普快，车窗外的景物移动的速度很慢，甚至能看清田里的农民收割的动作。我突然有点儿担心自己不想再回去，就此一往无前，去更多更遥远的陌生地了。火车的晃动让我想起，其实见过大海。

2

在三年前，我第三次高考之后的九月份，只身一人坐汽车到赤峰，又从赤峰乘火车到大连去读大学。大连怎么可能看不见海呢？我只在那个学校待了一个月，所见到的海，是因为一个学生会的师兄找人跟他一起去市里买迎新的杂物，他带着我坐公交车路过滨海公园。在同样的摇晃中，远远的，我看见一片海滩和窄窄的一条大海。海应该很大，但是以一种接近平行的视角看过去，也只剩下一条了。这一条大海，窄的似乎还不够用老家阔大的水瓢舀一瓢。在很小的时候，我跟一起放羊的小伙伴讨论什么是大海，或者大海是什么。那时的我，除了这个名词一无所知。我蹲在村子南边的小河边上，说，大海就是一百条一千条眼前这样的河。同伴说，念初中的哥哥告诉他，大海是蓝色的。我们好奇，海里的水怎么能变成蓝色呢？没有答案，回到家里时口渴，就用水瓢去水缸里舀水喝，一瓢清澈的井水舀上来，却对着水缸发起呆：我盯着方寸之间明暗波荡的水看，想看穿粗瓷的缸底，想把几乎透明的水看出一种蓝色的波涛。这是在那个年代，我能够想象大海的唯一方式。

公交车很快开过去了，我忍不住想，大连的海，似乎并没有蓝，更没有我在水缸中看见的那种幽深。一个月后，我从大连退学回到家里时，是十一节之后，内蒙古北部的天气已经开始由凉转冷，风也渐起，总是卷起乡村干燥的沙尘灌入人的口鼻。我行走在村里和乡野的路上，才豁然感觉出老家跟大连的差异，那儿因为海洋的关系，空气总是湿润的，而且能闻到一点儿淡淡的海的腥味。我独自一人蹲在后院的墙头上，看着已经收割完毕的斑驳的田地，和更远处一点儿的苍山，心里想：就算我留在村里种田，我也是这儿唯一见过大海的人了，虽然那大海只有一条。

3

到山海关老龙头的时节，跟我从大连回到老家的时节完全一致。并没有多余的钱去逛景点，虽然我对所谓的长城入海口也怀着好奇。好在海滩是免费的。天气毕竟有些冷了，海边的风也总要比其他地方大些，那时留下的一张照片显示：我穿着一件黑色的长衣，胡子拉碴，站在一块石头上。我身后的大海，显出了本该如此的一望无际，且潮水带着汹涌的姿态，一线一线从远处滚来。天气阴沉，没有足够的阳光，海水同样无法是蓝色的。眼前和脚下，所见尽是浑黄的水，为了验证它的滋味，我以手为瓢，捧起来舔了一下，是咸的没错。我希望自己能想起几句和大海有关的诗来，但是没有，我只是无所事事地从这块石头跳向那块石头。潮水很快就浸湿了鞋子，脚底板冰凉，这种凉跟我蹚行在秋末的河水里是一样的。我出来时只带着身份证和一个小包，连换洗的衣服都没有，更没有鞋子。

这是一趟有点儿尴尬的旅程，天气渐晚，我在海边不知道该走还是该留。留下没地方住，走又有些不甘。然而从今天看过去，我对十几年前的那个还能称为少年的人，怀抱着一种莫大的同情和热爱。现在，我再也不可能也不会做出这样的事了，甚至，我连那种混沌和迷惘都不再有，那才是真正令人怀念的青春的本质。

回到学校之后，有很长一段时间不愿意告诉别人自己去了哪儿。有人问，我只是说坐了火车，随便转转。我不认为这是旅游，或者流浪，或者放逐，或者其他别的什么正在流行的文艺青年们的调调。那个踟蹰在海边的少年，只不过去看大海，他以为看见了大海，或许会有什么不一样的事情发生。仅此而已。

4

去年暑期从老家回北京，有一天，不知道如何提起的，我跟老婆商量：我们带暖暖去天津吧，看她两个堂叔，或许也能看看大海。于是第二天坐高铁到天津，先是跟暖暖的四叔会合，然后一起去住在滨海的三叔家里。第二天，暖暖的三叔开车载着我们去一个海滨浴场。太阳很晒，我们下车后有人举着一顶遮阳伞来，问租不租。我们说不租，他便跟着，说：里面更贵。后来想想，反正要租的，就租下了，扛着进去。这顶遮阳伞最后押金都没有退回，直接丢在停车场的垃圾堆了。

我们支好遮阳伞，暖暖很兴奋，这是她第一次看见大海。但后来知道，其实这里并不是大海，甚至连沙滩上的沙子，也是从别处运来的。但是且不管他吧，我们此刻只把它当作大海好了。暖暖在水里玩得开心，捉小螃蟹，捡贝壳，或者趴在租来的大鸭子气球上荡啊荡。但是这里的水太浑浊了，因为水底并不像天然的海滩上有那么多沙子，而更多的是泥。我心里感到对她有某种亏欠，至少，我欠她一瓢真正的海水，用以湿润这个童年的夏天。

去年冬天，北京连续十几天雾霾的那段时间，人人都心生悲哀，逃无可逃。我们想着把暖暖送回老家去，我老家这样的地方，地广人稀、没有重工业，而且风很多，但有时污染竟然也会达到两百多。后来厦门的同学请老婆到厦门去玩，我就请了几天假，在春节前一起飞到了厦门。

这一次，我们看见的海，是真正的海了，而且因为阳光足够好，它终于显现出了蓝色。这里四周都是海，阔大的海，狭窄的海。从厦门坐轮渡去鼓浪屿，船在海上行驶，海风猎猎，咸湿味在海鸥的鸣叫里浸入口鼻。鼓浪屿沙滩很多，暖暖喜欢坐在沙滩上玩沙子，其实她并不关心大海怎么样，是不是大，是不是蓝，但如果没有背景中的海，这些沙子也会失去它的意味。我们住在离码头很近的地方，夜里从热闹的夜市往回走，就路过码头。白天时熙熙攘攘，九点多的时候最后一班轮渡也开走了，这里变得安静，窄窄的海湾对面，就是万家灯火的厦门。那些高楼大厦，那些红男绿女，似乎可以在这个夜晚借这一条海水而疏远。某个片刻，这一条海水和我在大连的公交车上看见的一条海水，重叠在一起，十六年的时光被生活的重力压缩成薄薄的一片，两代人在此相遇了。

我已无心再去舀一捧海水了，我只关心潮水涌过来的时候，不要湿了暖暖的鞋子；我也不关心人类，我只关心身边的两个人。

以后，肯定还要许多次见大海，对此我内心仍然怀着最初的隐秘期待，因为我从未与大海真正亲密接触过。这几次，只不过是行路人，是旅客，哪里能见到它真正的样子？海如此之大，大过了人类生活的陆地，在我窥见的一瓢之外，还将有多少波涛和多深的蔚蓝啊。

普通人的病与痛

普通人的病与痛，很可能就是普通人一生命运的晴雨表。

在任何一个社会里，就抵御病痛而言，上层和底层是不一样的。或者更极端的说法是，对所有人来说，病是相同的，但病所带来的痛苦却是不同的。但对于经济状况基本一致的阶层来说，病痛引起的悲伤和难过也是基本一致的。在普通人那儿，生病不仅意味着病人遭受着身体和精神上的折磨，还常常意味着一个家庭陷入困境。家人的内心一样要面临考验：也许病可以医治，但却负担不起高额的医疗费用，而只能眼睁睁看着亲人离世。对有权或有钱者来说，痛苦只在病本身，区别只在治好或者治不好，他们不会陷入金钱这种世俗的无奈和绝望里。所以，很多相同的病症导致了不同的结果，穷人是因为无钱医治而死，但富人总是因为医治无效而亡。

就在我为这篇文章做草稿的时候，师大的学弟学妹们在微博上为自己的同学发起了捐助行动，一个师妹不幸罹患白血病——这不是那些狗血电视剧的情节，是真的遭受病痛，她是个公费师范生。了解这个事情的人都清楚得很，很少有家庭情况较好的孩子会选择读公费师范生，这个看似在帮助贫困学生的政策，其实是一种变相的青春绑架，而被绑架的总是最弱者。这种政策资助贫困学生读师范专业，但是要提前签协议，就是你毕业后必须回到落后地区从事中学教育 10 年，一旦违约，则必须偿还所有的学费等费用。表面上看，签署协议，毁约赔款，似乎是一件很公平的事，但事实上大部分选择签约的学生都是被逼无奈的。可以想见，毕业后到落后地区去教书，10 年之后，这个年轻人很难再有改变命运的雄心和勇气了。就是这样一个普普通通的学生，患上了白血病，家里不可能承担高额的治疗费和手术费，她的同学和老师发起了救助行动。这就是普通人的病，不是绝症，但常常会把人们推向绝望。因而，我要写普通人的病与痛。我无力也不敢过多揣测其他人面临病痛时的内心，只是从我自己、我的亲戚朋友所遭遇过的病痛，来说说这件事。可笑的是，无论我这篇文章写得多么好或多么坏，对于所有的病痛都毫无助益，但它至少帮助我认清自身，帮助我理解日常生活里的这些不可避免的痛苦，也许，别人也能从中看到相同的情感。

1.

虽然父母告诉我，我在8个月大的时候就做了一次大手术，但幼小时的病我一点也不记得了。我对病痛最早的感触来自祖母。四五岁的时候，我基本都住在祖母家里，有时候祖父去山上干活，十天半个月不回来，就只有我和祖母睡在家里。

有一天早晨，我起来后，平日早起的祖母还在睡着，我直接回自己家吃饭。饭桌上，有人急匆匆来找父亲。父亲跟着他走了。吃过饭后，我回到祖母家，却看见村头的赤脚医生正在给祖母输液，父亲、三叔、四叔都在屋里。父亲看着我，瞪着眼睛骂：你咋回事，睡死了？你奶奶偷着吃药你都不知道？我惊恐地看着父亲，还没弄清状况。后来我才知道，在夜里，祖母偷偷吃了十几粒索米痛，她不想活了，要离开这个世界。我已记不清那时候祖母究竟有多少病痛，只记得她哮喘得厉害，每喘一口气，都很费劲，好像要从一个破旧的风箱里拉出风来一样。祖母整夜整夜因为呼吸不畅而睡不着，还有头痛的毛病，要常年吃索米痛来止痛。也许在那天晚上，她再也忍受不了这种折磨，吞了一大把药片。那时，我还不理解一个人何以会不再留恋活着，我也不明白究竟什么样的痛苦能让她想去死，等我理解这些时，祖母已经去世许多年了。

等我自己经历了一些病痛，更看过了更多的遭受痛苦的人之后，我终于可以想见，一个年迈的老太太，经受一生辛苦和疾病的折磨，看着她熟睡的孙子，把药片吞咽下去的心情。那需要多大的决心和毅力啊。只能是，活着那点微弱如煤油灯的欢愉，已完全不能照亮照暖她内心的黑夜了。她觉得死是一种结束，一个新的、没有痛苦的世界的开始。

祖母被救活后，又活了好几年，她没再自杀过。我想，祖母生命里的最后时光，应该都是为了儿女在活着，她不想因为自杀而让儿女们陷进一辈子的自责，而选择了一个人承担生的重累。

我第一次感到自身的病痛，是在读小学时。一个雨天，我在骑自行车上学的路上摔断了胳膊。村人把我送到村东的医生那里。医生给我正骨，把看热闹的一个村里的妇女吓晕了过去。我现在仍记得那彻骨的痛，但并没有太多痛苦，当时反而有一种奇怪的兴奋感，因为我一下子与众不同起来，父母不再批评我，所有人见了我都表现出关心和同情，甚至我包着绷带的手臂，在班级里都成了一种权威。老师不再提问我，没交作业也不会被骂，小伙伴们一下课总是围住我，问这问那。断掉的胳膊成了我的资本，我可以厚着脸皮玩耍，跟父母要钱买几块糖吃。世界因为我的断臂，变得前所未有的温柔了。后来我知道，大部分病人都会有一种“骄纵”，疾病成了他们的挡箭牌。我们常常听人说：别和他一般见识，他有病，或者你对一个病人那么苛刻干吗？问题是：疾病在多大程度上能成为一个人超越常规的通行证？

疾病也不总是通行证，还会是某种禁令。

我在《别人的生活》提到过，本科毕业前一周，突然得了水痘，半夜宿舍的兄弟带我去北医三院，回来后一早就被隔离在了校医院里，因为水痘具有传染性。我的水痘，大概就传染自公共浴池。我被彻底地隔离在了二楼的一间病房里，除了医生和护士，几乎不能见任何人。身上长满了奇痒难忍的痘，脸上也是，我每天的主要工作就是一次又一次地给自己涂药，然后看着镜子里面目全非的自己，陷进一种前所未有的烦躁和恐惧里。

那时候，医院外正是同学们的毕业季，收拾东西，办手续，远行的远行，出国的出国，执手相看泪眼，火车站送别……我只能每天站在后窗边，看着楼下的学生来来往往。病好得太慢了，我的耐心几近崩溃。有一天在和一个护士聊天时，她说，校医院里有效果更好的药，大概一周就能出院，而我现在每天涂的中药，最少要半个月。我问她为什么医生不给我开好一点的药。她说，你这马上就毕业了，能享受公费医疗就不错了，还想用进口药？因为我是个穷学生，不配用这个药。半个月左右，我拎着东西走出医院，在迎接阳光的一刹那，我甚至有了退回去的念头。我发现只不过十几天的“囚徒”生活，我就对外面的世界有些陌生了。从校医院到宿舍的路布满了奇怪的感觉，等我走进西北楼 432，发现里面一片狼藉，到处是丢弃的书本和纸，有几个兄弟已经彻底搬离了宿舍，留下的也打好了包，即将搬走。我就这样错失了唯一的一个本科毕业季。

2.

病痛总是在摧毁你已经习惯的一些信念，然后用它的力量，把你的人生转弯，让你不得不去建立新的信念。

有一年，舅舅给我打电话，劈头就说：你姥姥住院了，你回来看看吧？我连忙问姥姥怎么了？大舅说是脑溢血，已经做了开颅手术，但还没过危险期。当时学校里课紧，请不出假来，我说我想办法，看能不能尽快回去。三天后，我打电话过去，问姥姥怎么样了。母亲说，已经度过了危险期，没有大碍了，我说那我就先不回去了，寒假回去再去看她吧。那时候，不敢轻易回家，固然是因为请不出假来，还是因为书读得太穷，我连来回的路费也不齐全，要回去一次，只能向同学借钱。

姥姥保住了命，但半边身体行动不便了，左手常年蜷在前面,左腿也不听使唤。春节回去,姥姥看着我和弟弟,哭起来:姥姥完了呀,成废人了,完了。我们只能说:姥姥,别哭了,这不是正在恢复嘛,恢复得挺好的。姥姥用她那只还能动的手抓着我的胳膊:你在北京听没听说过啥好药,我一吃了就能好,就能走道的?我看着她深陷的眼窝,心里难过,可不知该怎么回答。我当然知道世上并没有这种药,但就这么告诉她吗?让她知道真相,然后绝望颓然地坐在土炕上哭泣?我说:姥姥,也没准儿外国人发明这药了,我回北京打听打听,你现在好好吃现在的药。姥姥眼睛里闪出一点光亮:真没准儿有,外国人啥都能造出来。

回到北京,我找不到这种药,有一段时间甚至不敢打电话给她。大概姥姥内心虽然期望,但也知道真相,也并没有让人打电话追问我这件事。我曾想象过,一个人接受自己不能正常行走和生活需要经历的内心痛苦,但再切身的想象,也和身在其中的人不一样。母亲和我讲过,从医院回到家里的那段时间,姥姥常常摔在地上,因为她下地时仍以为自己手脚利索,可以自由行动,她以为她的腿已经迈出去了,而实际上并没有。然后,在一次又一次的摔倒之后,摔倒的疼痛和屈辱终于压倒了那个完好的自我意识,深深地埋藏在了她的脑海里,她渐渐习惯了半身不遂的身体,也开始使用拐杖的辅助。

家里人为此难过，但人人心里都会暗暗地想，姥姥已经六十几岁了，是老人了，幸好她已经是老人了，在经历过中年守寡，独立给三个儿子娶上媳妇的苦难日子之后，遭遇病痛，内心还是有着岁月磨砺过的坚强，只要她心里头对病屈服了，日子还是能过下去的。我知道，这坚强是用流血流汗流泪所凝固的老茧武装起来的，它可以帮助姥姥抵抗现在的苦痛，可这坚强本身，又是何等让人心里难过啊。无论如何，和所有遭受长久病痛的人一样，她渐渐接受了自己的情况，至少在外人看来是这样的。

第二年春节，我再去看望她，姥姥已经不再问我灵丹妙药了，她会跟我说我拎去的牛奶、罐头哪个更好吃，问我女朋友怎么样。她穿着棉衣棉裤，坐在炕中央，因为左边身体不能动，她在炕上半趴着，总是挨着炕那面的衣服更脏一些。姥姥的眼角有些眼屎，我想给她擦去。她说不用了，一会儿还得睡，睡睡醒醒的，擦它干啥。

我注意到，挨近顶棚的墙上，贴着一个用写对联的红纸做成的十字架，透明胶带歪歪扭扭，有一些已经被不远处的炉筒熏得发黄了。我问姥姥这是什么。姥姥说：这是主。我忽然想起来，这之前，舅妈似乎和我提过，姥姥现在信教了，神神道道，谁说也不听。她信教了。姥姥下地出去方便时，嘴里念念有词，我细细地辨认，听出她在说，主啊，保佑孩子吧，保佑孩子能和以前一样走道吧。她自认是主的孩子，主会庇佑她。

我没有再问姥姥，没有像别人那样劝她不信，我心里涌动着复杂的难过。我能想象出，村里头来串门的老太太，和她宣讲了所谓的基督的教义和神迹，拉拢她信教。她们肯定和她说：心诚则灵，主会救你。而且她们会告诉姥姥，远方的某某村子，有一个人和她的情况一样，信了主，然后腿就好了。姥姥在平静的绝望中看到了一缕光，仿佛是专为照耀她才出现的，她抓住了这虚妄的稻草，虔诚地相信并祈求神迹发生在自己身上。我看得到，她在念着“主啊，帮帮你的孩子吧”时，是如此的全心投入和旁若无人，她真的相信有一个全能的神在看着她，在考验她。我欣喜于她找到这个希望，可我又知道这个主帮不了她。我只能安慰自己：没关系，也许时间长了就好了，她就不信了，也就不再承受失望了。

去年春节，我们去给她拜年，姥姥搬回了自己的小屋，那个雇来照顾了她多年的老太太还在照顾她。姥姥坐在炕上，神态平静安详，话也多了起来，衣服的左大襟上缝着个口袋，她不时把能动的右手伸进去，掏出几颗瓜子，丢在嘴里。“挺好，我现在挺好，”姥姥说，“你们都不用惦记，我现在能吃能喝，没事就嗑嗑瓜子，看看电视。”我们聊起了弟弟即将出生的双胞胎儿女，聊起她的孙子，我的表弟。姥姥不再因为谈起什么事而莫名地哭泣，她享受着一个单纯的老人的生活。这一次，我看到脑溢血和后遗症在她身上划开的流血的伤口，终于结上了不再怕碰的疤痕，她平心静气地安坐在自己的土炕上，坦然接受着一切。不再祈求灵药和神明，只是半麻木半安然地把一切都当作无可逃避的命运，并且最大限度地当成生活过下去。活一天算一天，活一天就自在一天，她说。在多年的病痛折磨之后，姥姥终于在那个原来的世界之中，建立了自己的新世界。

3.

2009年春节过完，我坐长途汽车从老家回到北京。车行12个小时，那一年找了同学帮忙，买到了卧铺客车票，但并不比坐票舒服。上班第三天，右脸颊的颞颌关节肿了起来，咀嚼食物困难，嘴巴一张一合之际，耳朵里会有细微的咔咔声。我最初以为中耳炎又复发了，心里烦躁，但并不觉得怎样，毕竟有过治疗的经历。到海淀医院检查，医生说不是中耳炎，但也说不出是何原因，只是建议我到北大口腔医院去检查。

凌晨3点钟左右，到口腔医院去排队挂号，然后拍了片子。医生说是颞颌关节出了问题，问题不大，但是个问题。我便在网上检索相关的信息，看得心情郁闷，有很多人说这种症状不难治，但很容易复发。在医院里候诊的时候，旁边坐着很多得了这种病的人。有一个女人，又愤怒又好笑地告诉大家，她之所以得了这种病，就是因为过年回老家时，吃了太多核桃。她总是用牙去咬核桃。另一个男人，用手端着自己的下巴。他爱人说：他的关节已经卡不住了，有时候说着说着，就会掉下来。我听得胆战心惊，忍不住猜测自己也会变成这种样子。

那段时间，朋友也告诉我一些方子，比如经常拿热毛巾敷关节处，或者注意吃东西咀嚼的时候换到另一边牙齿。我都一一照做，无论如何，症状开始了好转。正当我欣欣然觉得一切都好转时，突然左膝渐渐开始感到酸麻，小腿无力。我想，大概是着了凉，或者不经意碰到了，就从药店里买了几贴虎皮膏药贴上了。然而并不管用，酸麻里开始掺杂了疼痛。会不会是痛风呢？那时候和我住一块的阿亮说。于是我就在网上搜，有人说，经常喝啤酒会引起痛风，症状大概就是膝盖酸麻。更何况，我之前有一年的时间，都在坚持冲冷水澡，从夏天直到冬天，啤酒也喝了不少。

我想，得去医院了。最开始是去了最近的海淀医院，医生并没说出个所以然，只是开方子，拍片子。当时似乎是别无选择的，只能去拍片子了，然后拿着片子再去找医生，医生看了看，说开点药先吃着，再观察观察。于是就观察观察，但情况越来越糟，我只能去北医三院。总是半夜去排队，可因为膝盖无力，不能久站，只能一会儿蹲着，一会站着，站着时重心只能落在右脚。辛苦排队的成果就是，我终于挂到了专家号，专家也没说出个所以然，看了看X光的片子，说：片子看不出什么来。我说：可是腿很不舒服啊。他说：那只能去做核磁共振了。我听了一惊，那时候，我甚至连核磁共振是什么都不太清楚，但一想到这种仪器，便会心里生出点恐惧。预约的时间到了之后，我打车到北医三院，躺在核磁共振的仪器上，听着机器吱吱嘎嘎地扫描我的左右两条腿，心里有种说不出的怪异。

一周后，我拒绝了老婆，一个人到北医三院去取结果。因为心里忐忑，不知道结果是怎样，我害怕太出乎预料，老婆可能会比我还难受。检查结果的单子上写着：髌骨软化。骨头？软化？难道我这条腿要废掉吗？不，是两条腿，右腿也开始了同样的酸痛。

在复诊的等待中，我和另一群腿脚不便的家伙站在三院医疗运动中心的诊室外，相互聊着病情，同是天涯沦落人。一个女人跟我说：髌骨软化？天哪，我有个朋友就是这病，遭老罪了，每周都要往膝盖里打一针，没别的办法，只能做手术。我假装做出一副一切都还未定，我未必就要如此的表情，但我深知自己说话时底气虚得不能再虚了。

医生说，你可以自己选择，要么做手术，当然做手术也要排队，最快得一个半月才能排上，要么保守治疗。我想了想，还是选择了保守治疗。他开了一些吃的、敷的药。这些药，在我眼里开始背负着神圣的期待。我期望它们是刚好完全对症的神丹妙药，每吃一次，每涂一次，我都暗暗想它们正在改变着我身体的坏的那部分，让它恢复正常。我全部的身心注意力，都开始向膝盖倾斜，几乎每隔十几分钟就会排除所有杂念，让自己全心全意地去感觉膝盖是否好了些。抬一抬腿，假装不经意地站起来，微微用一点力，做和正常一样的行走，努力从所有的可能中寻找着它正在好转的痕迹。每天睁开眼的第一件事，就是微微动一下自己的腿，想看看它是不是比昨天更好一些。如果我的期待被证实，哪怕只是微小的一点，内心都泛起一阵谨慎和不安做底色的狂喜：天哪，它在好转，天哪。可是，没人来保证这些征兆都是让你满意的，有时候它只是变得更糟。每天正常上班，但一路都在感觉行走不便的痛苦。办公室的饮水机没水了，同事说：刘汀，没水了，换一下水吧。我很为难，说：我的腿不太好，不敢吃重。同事会笑着说：挺大个小伙子身体这么差了，这点儿活都干不了。我有些愤怒，也掺杂着羞愧，但却没法跟人家证实我的腿是多么的不舒服。他们当然知道我的腿出了问题，但没人会确切地知道它到底有多严重，更不要说感受了。很明显，你能来上班，你也能跟着走出去吃饭，没有显得多么病重的样子嘛。这不是他们的冷漠，而是所有人的共性，太多的时候人们都以这种态度面对别人的病痛，我们会有难过、心疼、同情，但是不可能有体验。

4 月的时候，为了更好地照顾我，我从还没到期的出租房搬到了老婆的宿舍里，一间小小的屋子。周末的时候，她去办公室加班，我一个人在宿舍里，用电磁炉把袋装的药煮过，然后敷在两腿的膝盖上，连续几次。不敷药的时候，就带着无望的心情练习腿部肌肉，我不知道这些练习是否管用，但除此之外，我做不了任何事。我想过了，也许将来我会变成一个不能行走的人，我只能坐着轮椅。我看史铁生的书，希望从中寻找安心的力量，但是不能，他是已经既定的，而我是在通往命运的恐惧中。我现在不记得我是否为此哭过，好像没有，因为在病痛面前眼泪实在毫无意义。

近三个月过去了，膝盖并没有明显的好转，我接近崩溃，开始认认真真地考虑做手术这件事了。这种病的折磨，让人宁可选择摔断腿、骨折，至少你知道它真的可以渐渐好起来。我想我要做手术了。在此之前，我没有和父母提过，可真要做手术，不能不告诉他们。终于有一天，我给母亲打电话，和她说了。我没有说有多么严重，只是说腿不舒服，走路没有力气，可能得做手术。母亲并没有我想象中的惊慌或着急，她像听平常的感冒一样听我说完。母亲说，没啥大事，做什么手术啊，我的腿也疼过，和你的一样，我吃了几服汤药就好了。后来我才知道母亲其实是着急的，她放下电话，就跑去村东问了问村里的老中医，老中医开了几种药，让我自己买了吃，北京没有的，他让母亲寄来一些。

母亲的腿也这样疼过，而且现在好了，这是我能看到的最好的例子，我心里重新燃起希望。这时候春天来了，天气转暖，在各种药物的作用下，膝盖比原来稍好了些。

那年8月份，老婆放暑假，我请了假，带她回老家举行乡村婚礼，顺便找村里的老中医王杰看看病腿。王杰摸了摸我的膝盖，说：啥髌骨软化，你这腿没事，挺好的。然后他找出一台破旧的理疗仪，给我做理疗，我在家5天左右，做了5天，不知道是否刚好对症，行走已经没有了问题。

第二年夏天，一个同事因为不科学的运动，膝盖也出现了和我当年很类似的疼痛。这个现病友，开始常常和我这个前病友讨论膝关节的酸痛问题。经过几个月多种检查和治疗，她的症状好转，行走已无问题，但到彻底痊愈似乎还有很漫长的恢复期。有好几次聊天，她都痛苦地说：烦死了，烦死了，烦死了，怎么还不快点儿好？如果不是在办公室，她可能会哭出来。看着这个同事，几乎就是在看着几年前的自己。她经常问我：你的腿是多长时间好的？我告诉她，至少半年时间，才真正好转了。她说我这已经半年了。我说，冬病夏治啊，不要着急，明年春暖花开，地气上升，肯定就好转了，这不是其他病，急不得。她当然也知道这只是一种可能的说法，没有足够的科学依据，但和我一样选择相信，倘若连一个可能也没有了，人又能拿什么来抵御病痛呢？但过几天，她还是会再一次感到烦躁和痛苦，因为日常生活的每个细节，都会时刻提醒这病痛的存在：下楼梯时得缓慢而小心翼翼，走一小段路就要休息下，即使一动也不动地坐在那儿，也会隐隐地感觉到酸痛。病痛就是那样一种东西，不分日夜地用痛苦向这个生病的主体宣告：我在这儿，我在这儿，我在这儿。所有的这些我颇能感同身受，而烦恼还不仅是病痛本身，它会以其他形式延伸到生活的各个角落里。比如，她说，因为腿上的伤，她没法参加同学或朋友的聚会，她们会在电话中问：有那么严重吗？她很难回答这个问题，因为无论是肯定的还是否定的答案，都不能解救她于困境。说是的，很严重，就会立刻和对方陷入一种准尴尬境地，因为善意和感情将促使对方表示关心，而关心在敏感的病人那里将在某种程度上增加心理的沉重感。说没事，没那么严重。没那么严重，你为什么好几次都不来参加同学或朋友的聚会呢？

就是这样，有时候，疾病会让人们陷入人际关系中的两难境地：生病的人既不能说出全部真相，可又不得不一次又一次地说；其他人总是要表示关心，可又无法掌握关心的限度。除非双方都是病人，只有以病作为基础，人们才能抵达无障碍的沟通。除了痊愈，病人的第一心理需求就是同类者，同病相怜在心理学意义上是完全有价值的，只有同类者才能让人们感觉相对的平衡和安全，健康人的所有关心，都摆脱不了隔靴搔痒的嫌疑。

4.

2009 年夏天，我和老婆简单的乡村婚礼就在我们村头的小饭店里举行，亲戚们都来喝喜酒。三姥姥家的一个舅舅也来了，喝完酒，他们蹲在路边的大石头上，等着回去的车。表弟和这个舅舅开玩笑：你这个铁脑壳，脑子坏掉了。听后我才知道，这个舅舅的脑袋曾经做过一次大手术，据说摘掉了一块颅骨，换上了钢板。那次手术之后，他的头脑就有些坏了，经常说傻话。我问他，到底是怎么回事呢？他不愿说。

表弟告诉我。那时候，表弟还在北京的郊区开车，这个舅舅到北京看病，他带着舅舅到协和医院去。可是他们排了三天队，也没挂上号，舅舅蹲在地上呜呜哭，觉得自己要完了，表弟也急得难受，可是没有号，又能怎么办呢？后来，表弟给舅舅出了一个主意，这个主意救了他。舅舅按照表弟的指挥，跑到他们要挂号的那个大夫的诊室，直接给大夫跪下，“哐哐哐”先磕了十几个头，然后哭号着说：“大夫你救救我吧，我爸死了，我妈有病，我们家穷得吃了上顿没下顿，我排了三天都没挂上号，你发发慈悲，给我看看病吧。”那个大夫大吃一惊，赶紧给他加了一个号，而且仔仔细细地帮舅舅瞧了病，安排他入院治疗。说起这事，表弟和舅舅都乐开了，仿佛是在讨论电视上好笑的小品。我想象着这个情景，也忍不住跟着笑。可笑过之后，一丝酸楚涌上来，这就是我的贫穷的乡亲们，在面临病痛时只能做如此无奈的选择。是的，舅舅还算是幸运的，因为他近似疯狂的作为，没有被医院当作精神病轰出去。和在城里的人相比，他们就是这样卑微，没有人是生来平等的，特别是在那些生死攸关的紧要关头，人和人的差别，会一瞬间判别活着还是死去。

我的腿刚刚显出酸痛的那段时间，我接到老家老姑父的电话。老姑父说，小表妹亚娟大概因为吃了小卖店里恶劣的零食，患上了紫癜，治了好久，也没有痊愈。他们从一个大夫那儿打听到，北京儿童医院自治的一种药效果最好，让我想办法去给开一些。我从没去过儿童医院，但它的名声却早有耳闻了，北京最难挂号的名单里它总是前几个的。还是凌晨3点，我出发去医院，4点左右到那儿。我本以为这个时候儿童医院应该是静悄悄的，但刚进去就吓了一跳，几乎到处都是人。能看得出，大部分是外地来的，他们背着包裹，抱着生病的孩子，一脸茫然，或坐或卧在楼道里、楼梯上。

我打听到排号的队伍，站在那儿排着，这时有人走过来问我：哥们儿，有号了吗？我一愣：这不是正排着呢。他笑了：没用，这个医院要挂上号，得排两次号，先得拿到挂号的资格号，有了资格号，你才能挂号。我说怎么可能，从来没听说挂号还要资格。那人看我不信，摇摇头说：等会儿你就知道了。他走到另外一个队，向别人推销他的资格号了。我跟前后排队的人打问，才知道号贩子说的是真的。他们确实拿着写着号码的纸条，原来这个号竟然是提前一天放的，有这个号的人，第二天才有资格排挂号的队。看着前面的队伍，我知道自己今天挂不上了，但我又不能等到下午放明天的号，怎么办呢？我想到了先前和我说话的号贩子，开始在院子里四处找他。终于在一个角落找到他，问他是否有排队号，他说有，200 块钱一个。刚才还 100 啊？我喊道。刚才是刚才，现在 200 都有人抢。我毫无办法，只能从他那里买了一个号，然后挤进挂号大厅去挂正式号。终于走进诊室，和大夫说明了情况，大夫倒是好说话，给开了 20 天的药。

等我拿到药的时候犯愁了，不是草药也不是盒子，而是一个个小瓶子装的液体，40 个。我怎么往老家寄呢？我拎着药，跑了四个邮局，没有一个愿意邮寄的，后来终于找到一个，工作人员说你这样无论如何也寄不出去，就算寄出去，到家也都碎掉了，你必须得用什么东西包起来。我跑到金五星，买了 40 条毛巾，把玻璃药瓶子用毛巾包起来，外面套上塑料袋，然后才打包进箱子里，邮寄了回去。10 天左右，老姑父收到了药，小表妹的病也终于痊愈了。

我忍不住想，倘若没有亲戚朋友在北京，老姑父又该怎么办呢？大概，他只能带着全家一年的积蓄坐车来北京，四处打听，找到儿童医院，然后不分昼夜地排队挂号，最后幸运地拿到药。我很痛恨自己找号贩子的行为，可在那一天，除了找他们，我没有其他办法保证表妹能早一些拿到治病的药。我也痛恨票贩子，可很多时候若没有他们人们就回不了家。很清楚，出问题的不是看病的人，甚至也不是倒卖号和票的贩子，而是给票贩子生存的深层空间的社会问题。

新年放假的几日，我和老婆在大钟寺，又一次接到老姑父的电话。来城里之后，每一次接到老家亲戚的电话，心里都会生出一些陌生的恐惧，我知道每一个电话肯定都传达着不寻常的事情，每一个事情都是沉重的担子，甚至都是我的肩膀完全挑不动的担子：孩子考大学、借钱、看病，他们总以为我们在首都北京，能耐大，说安排个什么事情就安排个什么事情，不晓得我在几千万人口的城市里，比他们在村里还要渺小虚弱。看到老姑父的电话，我知道，一定有事情了。果然，他告诉我说，表妹最近学校体检，查出很可能是先天性心脏病，遗传的。在农村，没有人给孩子每年做体检，如果有，很早就能查出来了。老姑父说：我听说北京有家医院能免费给儿童治疗先天性心脏病，你帮我看看，能不能给她治治。我说我回去查一下吧。回到家，我从网上查了查，前几年确实有免费治疗的相关报道，但丝毫找不到头绪，也没有查到这个项目还在继续的消息。我汇报了情况，老姑父说，不管怎么样，我得带孩子到北京去，好好做个检查，就算是自己掏钱，也得把手术做了。我说好，来了再给我打电话吧。老姑父说，肯定得给你打电话，你得帮我们安排看病。我在这边苦笑，大概我也只能提前挂号而已。

10 号，老姑父带着表妹到京，11 号一大早，我带他们到医院去看病。在医院的预约取号窗口，我递上验证短信，里面的工作人员说：这个医生今天不出诊。我愣了，喊道：不出诊？提前 10 天预约的，你现在告诉我不出诊？我们从几千里地之外的老家跑到这儿来，你现在告诉我他不出诊？护士说，我也不知道，反正不出诊，你跟我喊也没用。我看了看不远处等着的老姑父和表妹，他们似乎意识到了什么，我实在没有办法告诉他们预约的专家今天不在。

我跑到一个角落，给预约挂号打电话，看能不能转到其他专家，或者能不能挂到最近几天其他医院的专家号。最后，我们无奈地接受了到这家医院另一个大夫那儿去看病的结果，虽然看先天性心脏病不是他的专长。整个过程中，我强忍着不表现出发生了点儿小意外的失望情绪，我很担心他们会更失望。老姑父自己的心脏也遗传了这种病，但他只能带着它，他无论如何也不会舍得花几万块钱去给自己做手术。万幸的是，表妹检查的结果虽不是毫无问题，但还尚好，而且临近年关，也无法在北京等待手术，只能等待来年暑假时，再来北京，重新走一遍挂号、排队、等待医生的过程。

5.

10 月份，家里一位老人来京，因为多年的高血压，身体一直不是特别好。有一天早晨起来，左臂无力，当时没有在意，以为是睡觉时压到导致的麻痹。过了一天，症状没有缓解，而且左腿也无力了。知道是身体出了问题，又是国庆期间，赶紧跑到医院去挂了急诊。做 CT、做核磁、验血等一系列检查之后，大夫说，是有新发的脑梗死，导致了左半边身体的问题。幸好不是特别严重，就在那儿打点滴、吃药，熬了两天。两天后，症状稍稍缓解，因为在北京无人照顾，而且也无法报销，只好让家里人过来，把病人接回去。

为了保证回去后那边的大夫第一时间了解到病情，我们去找大夫，要复印病历带回去，大夫说没问题，找一个导医带我们到地下室去复印。然而，地下室复印病历的人说，现在是放假期间，不复印病历。我很惊讶，说：这不是急诊吗？急诊不是24小时的吗？他们说，反正没人，章都被锁在柜子里了。我把情况复述了一遍，请他们帮忙给复印一下，我可以把证件留下，他们无论如何都不肯。我记得那时自己很无奈、着急，也就生出了愤怒。我喊了几句：放假很正常，但总得有一个办法让病人复印病历，带回去用啊。事实上，让我愤怒的不仅是医院不给复印，还有玻璃窗里面两张冷漠和无所谓的脸。我和他们对看着，他们的眼神告诉我，我现在是一个无理取闹的人。是啊，他们是在执行政策，他们不是这件事应该具体负责任的人，可是，类似的情况肯定不只我遇到的这一次，肯定有许多外地来就医的人会在节假日来复印病历，他们何以就不能向医院反映，给出一个解决的办法？更何况，你既然是这个集体的人，享有它的荣誉和权利，那也就要相应地承担它的责任。我并没有觉得自己的愤怒找错了人。

我知道他们不会违反规定，给我复印。这时导医说，要不你去找主治大夫，看能不能拿到医院外的复印店去复印一下吧。我只能如此，去找大夫，说明情况，他看了看病历，从里面拿出了三张给我，允许我带出去复印。我看见病历档案里还有一两张单子，我不知道是关于什么的，也已经无心再去问是关于什么的，拿着三张单子就走了。

在医院里，我们遇见了许多认真、负责的大夫，我看到他们值了一晚上夜班，早晨交班的时候，还在一点一点地讲每个病人的情况；我看到他们一天要诊治几十上百个病人，还有住院的需查房；我看见他们比一般的上班族都要早到办公室，一上班便几乎没有休息的时间；我看见他们耐心地给病人讲解为什么要这样做或那样做。他们所有的辛苦，我都见过了，并在心里对这份职业和从事这份职业的人，生出深沉的敬意。可在这所有的看见之外，我也体验到医院的另一面。第一天输液后，护士让实习的护士给封上针头，没有拔掉，以预防还继续用，但很快老人的输液管里就回血很多。赶紧又去找护士，负责的护士不耐烦地说：真麻烦，拔掉拔掉。在急诊室的留观室里，住着几十个病人，每个人的床头都有需要接各种仪器的电源插座，许多陪床的家属把自己的手机接上充电，但护士看见了会叫人们拔下来，说不允许用。我想这可能是有道理的，毕竟病床上的接口，都是用来给病人治疗时使用的，但找遍所有地方，也没找到其他的可用来充电的电源接口。

谁都清楚，世界上不会有完美的地方，人们亦不要求完美，但在本该所为的地方却无所作为，总是一种失职。许多很小的事，把本来就紧张的医患关系激化了，在医院里和医生、护士吵起来的，大都并非是生死攸关的大事，反而都是一些奇怪的规定引起的小事。但这些规定，反而又比什么都有生命力，像是长在两者之间的某种顽疾。

6.

我不能不去想，对于老姑父这样的老百姓，究竟该怎么去抵御生活里的病痛。辛苦一年的收入不过万余元，要买柴米油盐，要给孩子交学费，要应付日常生活，一旦某个人生病，就可能把整个家庭拖到深渊。所谓的农村合作医疗，你一旦有紧急情况，它未必帮得上忙。没有人会期望实现绝对的平均主义，但在力所能及的范围内，给每个人活着的机会和尊严，这应该是最起码的保证。

所有人在生病后的第一个念头就是：怎么会这样？为什么偏偏是我？它所带来的第一个难题不是治疗，而是接受，你必须接受自己生病的事实，之后才是去治疗的问题。因此，我们希望医生对自己的病给出合理的解释：我病在哪儿了，为什么会疼。只有可理解的解释，我们才能接受自己的病，尽管这是被迫的。人们不但要知道是什么病，还想知道是怎么得的：饮食不规律、吃了有毒食品、遗传、被人传染，等等，必须有一个可靠的来源。没有缘由的病，是人最大的恐惧。

人人都会遭遇病痛，人人也都会死于此，或早或晚。这是唯一的最后的平等。不平等的是死之前面对病痛的人生，穷与富，官与民，所有社会意义上的差异，都可能成为导向生命意义上差异的管道。而一个完善的国家，就是做到让所有人在面临病痛时是基本平等的。

日复一日，总有人因此而离开人世，既然这不可避免，那就期望着因病而逝的人都是医治无效，而不是无力医治吧。

声音的舞蹈

我们常常只关注影像而忽略了声音。

在“凝视”之外，应该还有一种同样重要的生理和精神动作——“听”。过于重视“看见”的世界，导致很长的时间内，包括“听”在内的其他感觉都受到了压抑。设想一个极端的情况，比如盲人感受这个世界的方式，未必比健全人单调，可能还更丰富、更纯粹。

我由此安慰自己——有些变态地对声音敏感，或许是我在感知世界，认识自己方面更进了一步，至少它是我耳朵生病的可靠回报之一。

2006 年冬天，我走在学院南路的风中，忽然觉得风并不是均匀的，即使它同时从我身体两侧穿过。我模糊地感觉到右耳边的风声声音低沉，仿佛被人捂住了嘴巴的叫喊，仿佛隔着一堵墙。经过几分钟的困惑之后，我让所有的神经去感受究竟发生了什么，终于明白，不是风的问题，是我的耳朵出了毛病。我终于辨别出，右耳孔似乎塞了一团凝固的空气，让我听任何声音都像隔着无形的什么东西。

我跑到校医院去做检查，医生说：你得了中耳炎，需要做鼓膜穿刺。我当时并不知道这是什么，但“穿刺”两个字还是本能地让我心头一紧，有些控制不住地想：天哪，我的一只耳朵可能正走在变成聋子的途中。医生说她刚来上班，做不了这样的手术——小手术，于是给我开了转院单。我带着那张单子和没有被强行留在校医院摧残的庆幸，清晨4点多到北医三院的耳鼻喉科去排队、挂号，再排队，然后等着一个老医生把一根长长的针管伸进我的耳洞，刺穿鼓膜，刺穿那团隔着世界的空气。

手术并没有想象中那么剧痛，从医院大楼走出来，我发现自己获得了一个全新的世界：它是如此清晰，并因清晰而明了，因明了而截然不同。我能够清楚地感觉到，做完穿刺的右耳完全向身体外部敞开了，它贪婪地吸收着所有的声音：汽车声、说话声、走路声、叫卖声……以及它们的混杂声。对我来说，声音从另外一个意义上活了过来，被重新定义。这是耳朵的一次苏醒，在苏醒的耳朵里面，声音开始了它们的舞蹈。

我走到医院对面的一个小吃店，选了个靠窗的位置，缓慢地吃一碗馄饨，不但是用嘴巴，还是用耳朵，我听到了此前从未注意的咀嚼的声音，牙齿和食物的耳鬓厮磨，吞咽时喉咙的轻微声响。那时一场宿雪未化，回去的公交车上，我听到了轮胎摩擦略有些结冰的地面，司机的座椅吱吱嘎嘎地响着，售票员吸着鼻子，一对年轻人不算私密的悄悄话；我听见车窗玻璃因颠簸而发出细微的振动，有人用手指有节奏地敲着自己的膝盖，买菜回去的大妈眯着眼睛的呼吸，我听见了一段万物交织的乐曲。

如果当时有人留心，一定会发现车上有个身子向右倾斜的奇怪乘客。

我应该在很大程度上如同我们，在这之前，不过是本能而自然地接受着世界上的声音，我们无所觉地听见，但并未真的听见，就像我们成千上万次地看，但很多时候从未看见一样。这令人想起《阿凡达》里那句著名的：I See You。我看见你，我——看见——你。又或者是韩国导演李沧东的电影《诗》里类似的情节：诗歌课的老师拿着一枚苹果问学生，你们见过多少次苹果？一千次？一万次？一百万次？错了，你们从未见过苹果。它们指向同一个重点，在看见和听见的意义上，耳朵和眼睛不再只是一个生理器官，它们终于和那个有着灵魂、思想和情感的自我实现沟通。智慧的先人早已经指明了这条通向自我的路，就像在《圣经》中，上帝说要有光，于是就有了光；就像王阳明说：“你未看此花时，此花与汝同归于寂；你来看此花时，则此花颜色一时明白起来。”不是上帝创造了光，而是上帝意识到了光，并且命名了光，光才得以在我们的意识中存在。我们凡人更是如此，只有我们意识到了看和听的东西，它们才能是光和花。

这之后，我对声音越来越敏感，不是说我仅仅比以前更注重声音的细致和精确，而是对它背后藏着的什么更为关注，比如语气高低所透露的情绪、是否似曾相识、可否轻易模仿等。更具体一些说，深夜从窗前驶过一辆装满建筑材料的汽车，我渐渐不为它而焦躁不安，细细聆听发动机、车胎摩擦路面等一连串的声音，在简短的交谈声中推测司机的精神状态和情绪，揣摩他们对这夜晚不得安睡的心情。我惊喜地发现，在这样的时刻，所有的声音在混乱中达成了一种叙事的秩序，声音本身成为故事的内容，并因此构造了最真实自然的生活场景。

我也常常用耳朵来辨识别人和自己，这当然充满了危险性，但危险性亦是趣味性。电话使我这种辨识的安全得以实现，我总是喜欢全神贯注地听对方说的每一个字，努力获取他声音中所包含的一切信息，并推而广之来测知他身处何地，大概正在做什么。这些由声音引发的判断和推测，有时导向真实，有时导向虚构。它的危险是，我也比以往更容易陷入烦躁、愤怒、不屑、冷笑和无所谓等种种冷漠心境，语言上虽一如往常，可情绪依然跑到了十万八千里。

有一年，手机听筒出了点问题，在接听电话时，熟悉人的声音会发生变化。出问题之后的第一个电话，是打给父亲的。听筒里传来的父亲的声音异常陌生，我在短暂的错愕之后，匆匆说了几句就挂掉了。父亲声音的变化让我丧失了现实感，堕入一种前所未有的惶恐之中：有人在冒充我的父亲，而我却不得不和他假装无事发生一样谈话；或者是，我的父亲在冒充别人，而我绝不能揭穿他。仿佛一直完整的世界突然出现个偌大的黑洞，张着大嘴吞噬与我相关的一切。我迅速挂掉电话，气喘吁吁地走出去，用公共电话拨回家里，正当我以为万物归宗，一切都将还原，父亲将重新变成那个熟悉的人的时候，另一个意外出现了——公用电话听筒里传来的是一个女人的声音，沉默了一秒钟，我辨认出是母亲。我清楚地知道刚才是父亲，但那个电话的后遗症却始终难以彻底消除：打电话时父亲去哪里了？刚才是不是他的声音？

再次挂掉电话，我久久坐在长椅上，心想自己和父亲的这次谈话可能是最游离的一次，同时，也可能是最昭示当时父子关系本质的一次，竟然是通过声音的意外改变来抵达的。生活的变化，让我和父亲在许许多多的问题上不能再像以前一样交流，但是我们双方都不会承认这一点。我必须从现在迅速回撤，尽最大能力回到他们适应的那种交流方式中，以保证关系的稳固。这和父子间的感情是两回事。推衍到极端便是，当你在最广和最深的程度上理解了一个人的时候，便很难再与他有深入的交谈了，因为他的所有疑问在你那里都不成为疑问，而你的任何一个问题他都会答非所问。这也许会解释类似的问题：最激动人心的爱情永远是发生在双方不甚了解的阶段的，因为那时候的交流是最有效、含义最丰富、可能性最多的时候。或者说，在人类情感方面只有充满想象性的交流才是最迷人的。

声音可以被各种方式描述，即使被用现代技术录下来，也仍然会捉摸不定。声音不是单纯的声波振动，它凝固着发声那一刻的所有信息，录下一段声音，哪怕你用最先进的方式保存它，过几十年之后再去听，你仍然能听到时间流过的痕迹。更何况，这些先进的技术并不能保证它传播或录下了你以为的自己。读硕士时，导师在一次课上说，他讲课不喜欢用话筒，甚至有一些恐惧，因为话筒放大、夸张了他的声音，而这声音不是他本来的声音。前几天，老婆在学校里做公开课，并且录了光盘，之后老婆一边看光盘一边把讲课的内容整理成文字。她觉得自己在录像中的声音很奇怪，听起来很别扭。“我从来不知道我的声音是这样的。”她当然知道（听见）自己的声音，但这种听总是作为内部的自己在听，从来没有让自己的声音通过第二个媒介的转播，再被自己听到。在我们的意识里，我们在内部倾听自己的声音，已经形成了一种稳固认知，这也是自我的一部分，因此，当一个事实告诉我们你以前所认定的自己的声音并非如此时，自我必然会产生裂隙。

我仍然记得，自己第一次吃苹果时的情景。那时候大概十几岁，四叔从很远的地方批发回两筐水果，他分给子侄们每人一个苹果。我们看着它，那么诱惑，可又那么珍贵，我们不知道该不该咬下去，该不该把这样一个完美的食物破坏。可是它的美，只有咬在嘴里才能实现，我们便咬了。那第一声清脆的“咔嚓”声，始终留着，此后我吃过许多苹果，可是再也听不见如第一次一样的声音了。现在，我能知道声音穿过了它的物理性质，第一次“咔嚓”声之所以特别，是因为我通过它真正地和苹果发生了联系，我吃到了苹果，苹果对我而言第一次成为存在，我的某个缺口得到完满。

细细想起来，对声音的记忆和执着，不过来自了解自己和世界的欲望。只有说出的，才能通过耳朵，而在心里成为现实。人们因此在意婴儿的第一声啼哭、第一次说出的清晰的字、第一次叫爸爸妈妈……这所有的第一次，都如同上帝在为万物命名，悠然一下存在了我们的意识里。只可惜更多的时候我们对自己不但无知，而且毫不在意。在拥有或试图拥有世俗的一切时，我们假装这就够了，不再需要其他东西，比如深深地知道自己是何等的卑微，比如从心里生出作为人的感情。我们把自己全部交付给身外之物，吃喝玩乐，浅薄的喜怒和悲哀。生活当然要靠它们支撑，可在灵魂深处总得保有小小的一片领地，给那个你未曾听见、也未曾看见的自己。

自己，我们说得最多的言辞，我们遍寻而不得的那个人，我把这看作唯一可抵达灵魂安宁的路。作为平凡人，总要有这么小小的一块地方，以免在将来老去、濒临死亡的那一刻，我们会发现无处立足。

日常生活里的诗意

我似乎在不断地强调日常生活，我似乎是一个不可救药的经验主义者，我似乎总在用一些细节来触摸整体。如果一定要找一个源头，只能是那句老话，人只能在生活里，可人活着，却常常忘掉自己在活着，尤其会忘掉那些细节。我珍视它们，因为我从那最平凡的事件里，看到了蕴藏着的诗意——不必是学术的诗和深奥的意，只要比所有的视而不见和听而不闻多一点感触，多一点会心一笑，就足够我们抵御许多空虚和无聊了。

它们在广大的范围内，是连续的，一个接着一个的，可在个体的人的眼里，却是偶发的，需要我们去捕捉，从最日常里往外打捞，沥尽泥沙和水藻，显露出闪光的珊瑚。它们是可回味的，如同可被心灵咀嚼的橄榄，含在我们的肉身中，一点一点品尝它的滋味，吮吸它的养分。

1.

2008年的春天，硕士毕业前夕，我在一家门户网站实习，也考虑将来在那儿工作。这是一个网络访谈节目，有时候要晚上加班。

有一天晚上，似乎是做了一个和奥运有关的节目，结束时很晚了，已是凌晨2点，同事说别回学校了，一起熬夜吧，明天倒休一下，何况一直在下着小雨呢。我想了想，觉得与其在办公楼里枯燥地上网熬一夜，还不如顶着细雨赶路呢，在春雨里，总比在电脑前好得多吧。

我出了楼，下了大半夜的雨不折不挠地持续。打伞，开车锁，用很小的一块纸巾抹掉坐垫上的水，院子里空无一人，身后的楼上几位同事继续熬着，那里太亮了，有点儿和整个黑夜格格不入。

春雨靡靡的黑夜真好，人车俱稀，马路湿湿的像条幽暗的蛇，我骑得不快，竟赶上一路绿灯。举伞的左手有些凉，坐垫上的屁股也有些凉。安静的北京，这个睡熟的婴孩，一呼一吸，让人短暂忘记白日的喧嚣，但我更关心的是："那对夫妻还在不在？马上就要到金五星铁路那儿的一个路口，他们在不？"

实习的那段日子，每天上班路上，我到这儿时必有一辆火车通过，日日如此，有时候走得早了，也会停下来，等它轰隆隆开过去再继续行。这是日。夜的念想就是那间露天饺子店，说是店，其实只不过是一个麻辣烫模样的小摊。夫妻二人，摆一座炉子，一张长桌用来和面，包饺子，两张小桌供食客用。妻子和馅包饺子，围着白围裙，不怎么干净，也看不出有多脏；丈夫生火，煮饺子，偶尔也帮着包。

只要晚上 7 点后下班，总能在这儿遇见他们，每次都极想停下来，坐下来，要二两饺子吃。还有啤酒，他们也卖啤酒，但是不负责兑奖。可是每次，我都感到自己太行色匆匆了，根本不配这安静的小摊。

“今天，下了这么久的雨，他们一定早早归了，或许根本没有来。”我在快到那儿的时候，脑子里不停地问自己。

过了金五星附近的铁路，不知道是哪座高楼的探照灯一闪，我看见一片蓝色的雨布下他们忙碌如常，四五个食客围坐着，眼巴巴望着冒白气的锅。啊，一个雨夜，深夜两点多，他们依然在这儿，我兴奋极了。今天一定要吃一碗饺子，我再也不能错过这夜晚的温暖了，何况他们是那么和善，满溢着乐观和积极的生活愿望。

我停车，要了饺子。雨还有，但足够细小，几乎就是一种湿润的风。我跟他们聊了起来。老板娘告诉我，他们每天凌晨3点多才收摊，一天要卖好多，有时几乎忙不过来。饺子是白菜和猪肉馅的，4块钱20个，一点儿都不贵。只可惜已经没有我坐的地方了，只好打包带走。

带着一盒水饺，我继续夜晚的骑行，想象着他们一天的生活：凌晨3点收摊，回到家怎么也4点了，天色初明，洗洗睡了。大概中午时分醒，望着屋顶几秒钟，起床收拾东西，面、馅、饭盒、蜂窝煤，一切要用的物件。这些得忙到晚饭时间，吃过晚饭，丈夫吸一支烟，妻子依然这儿那儿地拾掇。恍惚中天黑了，因为路灯亮起，屋子里模糊了，他们便将东西搬上小车，锁好门窗，开始新的营生。

我曾有一个人生梦想，做一个推土机司机，现在，我也梦想着自己是个饺子摊主，夜夜出门，雨天也不歇息。

在有限的30年生命里，没有哪个夜晚比今天更湿润，我仿佛在黑夜的缝隙里左突右冲，于这儿停下来，喘口气。这么拼命地向前跑，好像只为偶尔能遇到这样一个片段。尽管数日之后，我再也不敢确定是否发生，我还是庆幸它不是听来的，读来的，它曾经在。

第二天雨歇了，天地又是老样子，上班比平时晚，依然候到了路过金五星的火车，并不是往常的那一列。轨道、火车、雨夜或晴天、小吃摊、偶然路过的人们，所有的一切就是一首诗的词语、标点和韵脚，在某个特别的时刻，飘浮到一个特别的空间，把这首诗呈献给人们看。有的人读到了，有的人只是清清地呼吸到它的气息，然后飘然而去。然后所有的元素都会飞散开,有去往其他的时间和空间,凭借其他的机缘，同另一些元素构成全新的诗了。

2.

2009 年 8 月末的一日，节气已是初秋了。

我和同学桑桑去朋友阿周的新家，在地安门的一个深胡同内。我坐地铁，转一次公交，下车后见阿周在路边等我。这儿离北海公园不远，热闹，车多人杂，十字路口和你所见的一样乱。东南角，是一堵高高的红墙，沿着墙边向南走几十米，红墙突现一个豁口，进去就是另一番天地了。走过水果摊，老板正光着膀子看武侠片，铁皮搭建的刻章小店窗关门锁，我趴在玻璃上看了看，隐约见到里面摆着几副毛笔字。一些老人坐在门口的小板凳上，一些活泼的孩子四处跑着，这儿也并不宽敞，但与红墙之外完全不同。隔着院子，听见了某家人唠唠叨叨的说话声。我能感觉到，有些东西慢了下来。

阿周租的房子，是一个老宅，大概有 100 年了。可它不是古董，古老的青砖、木门和现代的红砖、水泥等混在一处，告诉我们这是中国。这是一个四进院，每进都有几户人家。路歪歪扭扭，地砖大概铺了太多的年纪，早已不平整；窄窄的走廊两边，堆满破铜烂铁类的杂物。

阿周住东厢房，房子是一个老太太的。为了增加收入，老太太又在门前建了小房子，把整个厢房的阳光都遮去了。屋子里，弥漫着淡淡的潮气，一进去，阿周便把电扇打开通风。我坐在用50块钱从前任房客那儿买来的大藤椅上，翻检他桌子上鬼怪样的茶杯、铜鼎形的烟灰缸、一套蛮新的刻章工具。我小心地怀疑，一到晚上，他就会化装成老头跑到胡同里的刻章小店去干活。

阿周到门口，和隔壁的女邻居谈起房东老太太。女邻居不避讳地穿着睡衣，吆喝着自己的宠物狗。

“老太太说这个房子要拆掉，到时候就有阳光了。”阿周说。

“是拆掉，可她是想再建房子，今天都带工人来了。”邻居说。

“啊？”阿周对一整面阳光的幻想破灭。建房子，只能把他的门外空间堵得越发逼仄。

然而一小会儿，我却被一缕阳光晃得眯起眼睛，它从我面前掠过，定格在北面的墙上，循着它的轨迹，我找到南面墙上折射的镜子；再转头，则看见更外一点的门口，竖着另一块镜子。夕阳，一天最后的阳光，终于曲曲折折地照进了阿周的房间里。

“是那么个意思吧？”阿周笑呵呵地问。

“挺好。”我说。

再过一会儿，太阳沉下去一点儿，他就到门口，把镜子的角度调整一下。

我们闲聊，等迟到的桑桑。

阿周不住念叨这儿的蚊子有多厉害，我仍未被侵犯，想来是蚊子喝惯了他的血，对我这新鲜血液尚无兴趣。但一刻钟后，他出去接桑桑，我的胳膊、大腿便连番遭到蚊子的攻击，不停抓挠，似乎是在反驳我刚才的想法。

他们回来，提醒桑桑同学马上防御，我还点燃一支潮湿的烟，企图熏走它们。但之后，再无蚊子。

“只有下午一会儿，晚上一点儿蚊子都没有。”阿周说。

我们总结，它们吃饱喝足，休息了。他要想晚上睡好，就必须下午时分把蚊子喂饱。

然后去院子，赞叹年久的老宅，隔壁高官森严的阁楼，某个人家厨房里飘来的香味。我们看见旧门廊上的芦苇草，草背面是夕阳。

太阳完全落下去后，我们又进到屋里。二人拿出吉他，开始谈论我所不熟悉的一些和旋、曲调。偶尔，刚刚临近 30 岁的我们，谈起更年轻时的事情：在刘和珍君等纪念碑前的草地上喝酒，也谈论诗歌。阿周的琴弦音似乎不准，两个人就找到调音器逐个调。桑桑对阿周捡来的琴，比她新买的琴要好而愤愤不平。“哎呀，你的琴竟然比我的好，”连说几次，又接着，“我的也不错，是新的。”

他们寻找拨片，但阿周并无拨片。“可以自己剪一个。”我拿出那张即将过期的麦当劳优惠卡，阿周用剪刀剪成拨片形状，桑桑试用一下，惊奇地说：“真的行啊。”那张卡，一共剪了 6 个拨片，最后一个最像。他们没有弹一首完整的曲子。

我可以想象到，阿周独自在家，摆好两块镜子，让傍晚的阳光漫长地照射过来，坐在他破败的沙发上，弹着吉他。我可以想象，桑桑独自在家，对着琴谱复习吉他课老师的指法。

这一刻，他们都是安宁的。

我遗憾自己此生与音乐无缘，但还好我可以写诗：把突然来临的诗句写在随手拿起的任何一种纸上、某本书、病例本，甚至是餐巾纸。写诗这件事本身，让我体会到一种幸福，即便某些诗句惨不忍睹，某些诗永远完不成。写诗与弹琴，本该是一件事，如同最早的行吟诗人，一边弹着自己的琴，一边把古老的史诗唱出来。我记起来，刚工作也在租房的那段时间，身居临路喧闹的23楼，常常站在阳台上想一些诗句。那是某个富人的一间大房子，被中介改造后，住了7户11个人。隔壁的一个高中生模样的女孩，在学德语，因为她嫁给了一个从未见过的德国人，在刚刚度过18岁的生日后。另一个邻居是卖花的，常把卖不掉仍在开着的花拿回来，摆放在卫生间。更多的时间，是听到有人吵架，因为水龙头坏了，因为没人主动交电费，因为抢厨房。所以，我喜欢站在房间狭窄的阳台上，在那儿，阳光满满，但从来都被人忽略。

弹琴与写诗，都只是一件让人心安的事情，并不很关乎曲子多美、诗句多好，只是——我们弹琴，我们写诗。就像母亲在田野里，认真地对待着每一棵庄稼，而不单是把秋后的果实作为劳动的唯一。

三个人相聚时，吃吃饭，聊聊天，即使没能看到残缺的月亮、没有完整的琴声，也是好的。我结婚了，早已习惯了两个人的生活。每天下班，第一反应便是去接老婆；有人相约出去玩，也会立刻想到去和不去对另一个人的影响。作为这个大都市的穷人，疲于奔命中的快乐常常是做一顿饭，写几个敝帚自珍的句子，擦擦书架的玻璃，或者只是睡个懒觉而已。阿周和桑桑各自单身，独来独往。桑桑同学，永远有着自己的计划，每次见面，她似乎都在开始一件新事情，准备着另几件；阿周，则喜欢用他特有的世界观来丈量日常生活，经常偶发冲动，去考个导游证，或者跑到云南买辆自行车，骑一周，然后卖掉，步行。

我和桑桑，常有职业的倦怠、情绪的消沉。但阿周，似乎天生储蓄着一种无所谓式的淡然，不急不慢，随性自然。所以他在阴暗、潮湿，甚至有些破旧的房间里，开着空调，盖着厚棉被，自得其乐。

没错，我们都一样度过黑夜，无论弹琴还是写诗。我不知道，对我们这些人而言，是不是只有靠弹琴写诗（或者其他别的什么事）才能度过黑夜。这两件事都很无用，但都很重要。只有它们，才能在我们内心生活里折射出巴掌大的光芒，不至陷入孤独和恐慌。如果一个人告诉你，他最近在从事什么工作，在弄什么东西，你能搞清楚他的生活吗？不，不能。但如果他真诚地讲到，他在弹琴，他在读书，他在写诗，在天桥上看车流，在逐个胡同闲逛，你一定能从心里感受到他的生活。

无论多广袤的土地，人可行走的路，无非那么几条，掩映在荒漠、尘埃中。我们都在自己的路上，如同成千上万漂泊在北京的外乡人。

生活就是这样吧？在所有的地方，都是这样吧？

3.

曾经看到一个笑话，说某犯人被押赴刑场，即将砍头，行刑官问他还有什么话要说，没说的就马上行刑了。犯人不语，只是哈哈大笑数声。行刑官及一众人等都感到不解，问因何发笑，犯人答道：我听说每笑一次可以延长5秒钟寿命，果然不假。

小时候，在老家，讲故事不叫讲故事，都叫讲笑话，那时候没电灯，煤油灯的煤油也稀缺，一到晚上，听完了广播里的评书，只能上炕睡觉，可又睡不着。我就央求爷爷，说，爷爷，讲个笑话听听吧。爷爷年轻时当过兵，赶过大车，走南闯北许多年，听了不少古怪事，就讲给我听，这是个上瘾而入迷的事儿。

等我上大学，这时代已遍地是以笑为名的物件了，自从有了互联网，搞笑段子就呈几何级数增长。读大学的时候，宿舍一闷骚男过生日，众人问他想求个什么礼物，他说：不求最贵，但求能让我每天看到都笑出声来。中不了百万大奖，也没有绝世美女给他，这礼物难了。但万事有因缘，没想到真被我在学校北门的小胡同里发现了。某夜10点左右，有人在那儿摆摊卖盗版书，随手抽起一本巴掌般大小的《网上夜笑话》，两块钱买了送给他。从此之后，常常半夜能听到此人从被窝里发出一阵怪笑。后来闷骚男在北大读了博士，整日研究西方巴赫金的狂欢化和笑的历史，大概是受了影响。那本小册子曾在各间宿舍里流传，渐渐不知所踪，而且市面上也成了绝版，世上再无此书。每次同学聚会，谈起来都唏嘘不已，年龄大些才知道，诸多感慨里，笑话事小，青春事大。

住在联想桥附近时，上班时要路过一条胡同，胡同口有家包子店，夫妻二人。我总在那儿买几个包子做早餐，一来二去混熟了，正当交易之外便有了闲谈。有天刚付了钱，拿了东西，老板娘说："你上班这么早，那得什么时候回来啊？"那几日正在编辑一本和古诗词有点关系的稿子，说话都陷在对偶、押韵里："出来满天星，回去满街灯。"正忖度着这么说话太矫情、太装了，猛然间听老板娘回了一句："Me Too~！"说完自己先笑了。半天才回过神来，那包子自与别家不同。临近年关，我又去买包子，老板娘说："明个别来了，关门了。"一问才知道，房租涨了近三分之一，为了撑到年关，近一个月几乎都在赔钱。"以后你得想别的辙吃早饭了。"老板娘说。

我默然无语，从不说话的老板，很沉重地叹了口气，地上砸了个不大不小的坑。我再没见过他们，也忘记了包子的味道，可他们的几句话，却永远留在脑海里。我仿佛看到他们夜晚的忙碌、清晨的辛苦，在这些劳作里，点缀着一点幽默感，一切就都不同了。

硕士第一年，我们被学校安排住在了大运村，几乎每天都要往返于大运村和学校之间。一般情况下，我都是从师大北门出来，过天桥，然后从一个胡同穿过，绕到学知桥，再往西。师大北门外三环路上的天桥，对面直通北影厂。有天中午，我从天桥上过，看见一个年老的乞丐，衣衫破烂，面目黝黑，如打坐般席地而坐。老乞丐面无表情地挖着鼻屎，然后用指甲弹到天桥下的车流里，怡然自得。我一直在暗中观察他的动作，过了他几步远，蓦然回首，看见老乞丐从怀里掏出一包面巾纸，从中抽出雪白的一张来，仔仔细细地擦了自己挖鼻屎的手指，然后安然地双手扶膝，闭目假寐了。

我同许多朋友讲这件事，他们都哈哈大笑，觉得好玩。这是个笑话吗？似乎是，又似乎不是，不管是与否，每念及这一场景，我总是会心一笑又心含暖意，仿佛天空中正经八百一个严肃的太阳，突然要打喷嚏，咧了咧嘴。

4.

在租住的小区里，每 10 天左右，就能看见一辆货车，拉着各种杂粮和干果，停在空旷的地方，然后摆开摊位，开始一天的售卖。有时候，也有卖布料和衣服的过来，小区里的居民，特别是那些退休后的女人，喜欢叽叽喳喳地围在那儿挑拣和议论，当然也心满意足地购买。在高楼林立、寸草成金的大城市，在对门不相识的陌生世界里，有这样一个小小的集市，把生活的气息蔓延开，浸过小区里的每一寸土地、每一棵树木，是多么好的事情。

每次遇到这小集市，我总会走得慢些、再慢些，只为了看看今天摆了些什么，听听大妈们又在议论哪样东西，在下班的那一刻，这短短一两分钟的路途，几乎洗去了整日劳作的疲惫。

有一天，是一个周末，正是北京最好的秋季，天蓝日光暖。我和老婆下楼，出去吃饭，又经过了那个小集市，这一次，这儿没有摆杂粮或布料，而是有人在售卖棉花、被单。我看见，一栋楼下，人们铺了张很大的席子，一男一女两个中年人坐在那儿，他们手里是针和线，面前是正在缝制的被子。那天的阳光，把一切都照出了光彩，可又不过于明亮，我的心被这画面击中。特别是那个男子，他几乎带着一丝女人的姿态，蜷着一条腿，向前探着身子，针脚细密地把被衬缝在被里上。他的针，尖锐而细，把秋日的阳光、微风，以及人们的慵懒，全都缝了进去。我简直无法想象，盖这床被子入睡的夜晚会是怎样的感觉。

这就是日常生活，这无数细小的、微不足道的事件和场景，相互连缀且渗透，密密地织就着我们生活的巨幅十字绣，远远地，固然可见到这巨幅的样貌，但要了解它的内里，就只能把手和心一起贴在上面，抚摸那些凸起和凹陷，辨别那些颜色各异的线的纹理，甚至嗅着绣针刺破手指留下的血和额头滴下的汗水的味道，更甚至体会了一针一线将它从空无变为繁花的刺绣人的心境。如果我不用“诗意”来描述这些细小和微不足道，还能用什么呢？所有值得爱的人，所有值得过的日子，也无非就是它们的集合吧。

何以抵抗寒冬

1.

和老婆谈恋爱那会儿，我们经常过北师大东门的天桥，走了许多次，有一次的情形我一直记得。那是一个冬天，我们从天桥上下来，她问我：一年四季，你最喜欢哪个季节？我说，冬天吧。她说她喜欢秋天，天气好，有落叶。当时我心里有着小小的遗憾，为着我们喜欢的日子有所不同。我应该也说秋天的，女孩子大都喜欢秋天，我想。当然，这个片段和这些一闪而过的念头，都飞快地消失在记忆里了。

然而冬天确实是我爱的季节，因为它的冷峭，让你比其他季节更强烈地感到灵肉的一体。在很小的时候，内蒙古高原北部的冬天，会下起一两尺深的大雪，我和弟弟住在爷爷家里，但一大早要离开温暖的被窝，赶到村子北边的自己家里吃早饭。我们就这样踩着雪回去。有时候，特别是腊月时的数九天，老家的温度低到了一定程度，则滴水成冰。但那时我对冷的认知只是自己的身体、脸、手、脚，通过这些部位的冷热来感知。直到有一天，我对冬天，对冷有了全新的认识。那一次，在爷爷家的洋井边上，老弟不知为何，用舌头去舔洋井的井缸子，只是轻轻一下，舌头就被冻在了上面，老弟想拔下来，但已是不能够了。我吓得大叫，爷爷和叔叔听了，从屋里出来，赶紧找了柴火，点着，用火烤井缸的下部分，井缸渐渐温热，老弟终于忍着疼痛，把舌头慢慢地拿了下来，但还是掉了一层皮。他疼得哭了半宿，我也未睡，既心疼老弟，他当时也不过 4 岁吧，又惊恐于寒冷的威力。此后，我知道在冬天，凡是冰冷的铁器都是不能舔的，也不能用沾湿的手或皮肤接触。

冬天在寒冷中诞生，但人心里想到的，却更多是温暖，热炕头、火炉、热年糕、煮沸的奶茶、温热的被窝……这是多有趣的悖论。我同样早早知晓了，在寒冷里，温暖的来处是劳作。小时候，父母从爷爷家里分家另过，在一处刚刚建起的院子，土坯房，墙也不完整，常常冬天赶着马车去南边的山上拉石块。石块是用炸药在山岩上炸下来的。大人们把石块拉回来，我就帮忙搬到需要的地方。很快就会身体发热，出一身的汗。

北方的冬天，那时候没有人家烧得起煤，引火做饭和取暖用的都是秸秆、牛马的干粪便和灌木枝。所有的柴火，都是尽量节省的，尤其是干燥好用的灌木枝，因为稀少，因为它们只生在大山里。我便背着篓子，跟爷爷一起去北面的荒山上捡拾牛马粪。我们每天都要走几十里地，把已经风干的看得见草末的牛粪装在篓子里，把还不太干的堆成一堆，等着它风干，过几天专门再来背回去。那时候的山野是多么安全啊，你堆在那里的柴火，完全不用担心有人会偷偷背走的。我背着粪篓回家，一路上都在想母亲蒸的热腾腾的大馒头。

然而我只是个孩子，即便我用尽全身的能量，也只能拾得很少的柴火。就是这一点柴火，让我在享用火炉和热炕的时候，带着微笑的自豪和满足感，因为这光里有我，这热里也有我。这一点，又岂是那些从小就生活在城里、天然有着暖气来温暖的孩子所能体验的呢？或者说，这些劳作令我早早知晓生活的法则，以致在此后的少年岁月里，经历艰苦和辛劳，而不过多地抱怨，也就养成一颗淡然的心。

2.

当然，冬天并非总是能有这温暖的内核，冷，毕竟是它的本性，它会寻找所有的缝隙、所有的机会，让你了解到它的性格。读初中时，住校，南北大通炕，一个炕上十一二个孩子。炕下有火灶，每天晚上一个学生值日，领来柴火烧炕。有时候，柴火太湿了，总也点不着，就会满屋子的烟。到晚上，一炕的半大小子只能瑟瑟发抖地钻进冷被窝，用自己的体温，来温暖冬日的黑夜。后来我们也听到了一句俗语：小伙子睡凉炕，全靠火力壮。而那时候我们的身体真是好呀，这种条件睡了三年，竟然连感冒都没得。

也有时候，我们私刻柴火票，或者偷了柴火，把炕烧得滚烫，甚至连毡子都煳掉了，第二天就会所有人嗓子哑了，上火了。

初中三年，我们的主食只有一种，就是小米饭，很少有菜，吃完了会胃里泛酸水。为了抵御成长过程里猛兽一样的饥饿，我们都会从家里带干粮，馒头、饼、包子，等等。在冬天，它们无一例外地都冻得硬邦邦的。有一段时间，母亲经常给我带芹菜馅儿的包子，好吃极了，可是被冻成冰坨之后，只能吃到牙齿颤颤的感觉。后来，我终于想到了办法，就是把包子带到教室去。那年是初三，很快要中考了，大家都买了蜡烛，大半夜在班级里做功课，背书。本来就饿，何况还要读书，每个人都带了干粮充饥。班级里炉子的煤是不限量的，白天我们会提前储备一些，整夜把炉子烧得火热，我们把干粮放在炉盖上烤，看着它们一点点地化冻、变软，发出香喷喷的热气，然后甚至有了焦香味。

那个漫长而寒冷的冬天，这些被炙烤的干粮，塞进了我们的胃里，化成能量，让我们用长满冻疮的手去写字，踩着同样长满冻疮的脚。我在想，那夜晚的烛光炉火下，真的只是为了不甚清楚的中考吗？抑或者，它也是后来被人们称作青春和人生的东西？

除了那些生在热带的人，人人都需要抵抗寒冬吧。在冬天，我看到人的皮囊现出了原形，灵魂就在骨头上，在筋肉上，在皮毛上，被冻得跳起舞来。

3.

现在住的小区楼下，有一个菜摊，卖菜的是夫妻俩，出摊的主要是丈夫。我曾在《别人的生活里》提到过，是说他们为孩子上打工子弟学校而奔波的事情。离他们 200 米，小区进门直走的另一栋楼下，也有一个菜摊，盖了简易的屋子，蔬菜的种类似乎也要多一些，和楼下这家相比，也算是豪华。刚搬来时，因为所处的位置和看起来更“豪华”的摊位，我和老婆几乎都在这一家买菜，虽然偶尔会对卖菜人“爱买不买”的态度和总是夸大其词的广告不满，但并没有想过转到楼下这家来。

直到有一天，从豪华菜摊买的水果因为不能吃而直接扔掉，我们才下定决心，除非不得已，再也不光顾他们家了，于是自然转到楼下更近的这家。简陋版的菜摊没有豪华菜摊的小房子，但依着一堵墙搭了个棚子，围住了三面，虽然单薄破旧，也算是能遮风挡雨。渐渐发现，简陋版的菜摊要比豪华版实在很多，男摊主个子很高，总是嘿嘿笑着的模样，做生意本分和善。譬如去买西红柿，他会说：先别买了，我下午进新鲜的货，等着买新鲜的；再譬如，如果你刚好缺少一毛或几毛的零钱，甚至是身上一分钱也没有，说一句等下给你送来，他也乐呵呵地让你把菜拎走。时间一久，我们喜欢他的善良和实在，几乎所有的菜都到他家去买，哪怕旁边的要便宜一些。也就渐渐熟络，每次去时，又多了些闲聊和攀谈。他们成了这个小区里，我们最熟悉的陌生人。

天气暖的时候，他们要营业到晚上9点钟，我晚上回来，总能看到男摊主坐在一盏白炽灯下，静静地发呆，看见人，他会说：“才回来？”然后又沉默了，好像在想一件来也漫长去也漫长的事。按照我的习惯，每一次看见别人的生活轨迹，我都会假设一下自己处在他的位置，会是一种怎样的感觉。我想，如果是我，整日坐在那里守着蔬菜和水果，大概坚持不了几天。夏秋两季，男人的脸很白、皮肤很薄，能看到下面的毛细血管。但一到天冷的日子，他的两颊就会显出一种被冷风吹起的红，可又不是喝醉了酒的那种酡红。他说，因为常年在冷风里吹，他的脸已经冻坏了，只要一到冬天就会变红，很不舒服。

“没办法呀！”他说，且仍然是笑着说。

我在想，幸好他还有一个简陋的棚子，倘若没有这个棚子，来了风雨，来了霜雪，生意会更加艰难，他一年三百多个日子也就更难熬。

然而这也是不长久的。之前两个月，有一段时间，据说因为影响市容，他们的棚子被勒令拆掉了。这种装点门面的事，我们也似乎能够理解。秋里几次大雨，都能看到他们夫妻俩浑身淌着泥水，忙乱着用塑料布把菜盖起来的场景。

更奇怪的是，这一段时间我还见到男摊主的胳膊上戴上了治安巡逻员的红袖标，他当然不会想到这中间的反讽。人们关心着各种各样的人与事，但我更关心的是简易菜棚什么时候能重新搭起来，再去买菜，虽然没问出口，但我总是观察他有没有搭建的迹象，甚至想可以来帮帮忙。但直到前几天的京城大雪，他们也都没有搭建。我有些失望，但又怀着一个美好的假设：或许，借这个机会，他们仿效那个“豪华”菜摊搭建一个小屋子，有门有窗，甚至能在冬天生一个小炉子。这更好。

但是没有，什么都没有，每一次去买菜，只会看见他或他妻子站在电磁秤前，搓着手，脸上是冰冻的红，甚至嘴唇上沾染着淡淡的霜。

我终于忍不住，和老板说："天越来越冷了，你们得赶紧把棚子搭起来啊。"

他苦笑一下："不搭了。"

"为什么？冬天冷啊。"

"不让搭。"

"怎么会？那边的菜摊不是一直搭着吗？"

"不行，没人，也送不起礼，不让搭。"

"可是冬天那么冷，怎么办？"

"嘿嘿，扛着呗。"

然后，他开始一如既往地摆弄菜摊上的菜。黄瓜、西红柿、白菜、油菜、香葱、芹菜、土豆、大葱、萝卜、冬瓜、生菜、圆白菜、蒜头、姜、莲藕……全都裸露在空气里，和它们的主人一样，默默抵御着寒冬。它们比主人更幸运，温度到了零下的时候，它们中的一些会被厚厚的特制棉被盖起来，以防被冻坏，但它们的主人却要始终站在冬天里了。

我会想问问，那些绿色的菜、白色的菜、红色的菜、黑色的菜，你们会心疼这个售卖你们的人吗？你们可知道他在风雪里的感受？他夜晚孤灯下的心境？在这样的现实里，在可能的未来里，他何以抵抗寒冬？

我无话可再说，心里真是难过极了。然而我只能拎着一捆芹菜，带着他找回来的零钱，走回去。路过豪华菜摊，看着他们的小屋，我仿佛在同一个空间里见到了两个世界。

冬天真的就要来了，或者，已经来了，我们已经看见大地一寸寸地被冻住，人们穿起了毛衣、棉衣、羽绒服，室内暖气温度达标，地铁里空调运转良好，可这一切有温度的东西，都不能温暖这个卖菜的人。

母亲和她的生活哲学

毫无疑问，她是我生命中最重要的女人，说这样的话，不只是她生了我的肉体，更源于这个如今日渐苍老的农村妇女一辈子不断践行的生活哲学——善良、勤劳、隐忍，甚至是开放而跳跃的思维——像精神的 DNA 一样，遗传给了我和我的兄弟。

母亲实在无比普通，作为这块土地上生活着的千千万万个劳动妇女的一员，养猪种地，烧火做饭，并没有超出日常生活的光芒，但因缘际会，她生了我，成了我的母亲，不但给了我肉身，还用她平凡的一生，塑造着我的精神世界。

这并不算夸张的描述。母亲某次来北京，是在夏天，她总和我们说：你们城里太臭了，走到哪里都是臭的。我当初不以为然，说：哪有啊，城里就是这个味道。她说：就是臭味。后来我才明白，母亲说的没错，在城里，你几乎闻不到清新的空气，遍布的下水道、垃圾桶、垃圾堆，还有人，把这个城市的味道变得很难闻了。然而每天生活在其中的我们，已经变得适应和习惯了这难闻的味道，反而是一个农村的老太太，凭着直觉和身体的敏感告诉我们，如果这就是城市的味道，那城市的味道就是臭味。

在农村，你随处可见农肥、牛粪、猪粪，但却并不感觉空气是臭的，因为所有的气息是整体，并有着自然的循环。在此之前，我从未真正闻到北京的味道，母亲让我张开了鼻翼，从精神上辨别出了城市和乡村的气息。我以这种方式回忆所记得的母亲的故事，也就似乎慢慢发现了她思维的轨迹，或者说，是生活的哲学。

1.

母亲比父亲大 3 岁，自结婚起，大概除了农民式的“婚姻式的爱情”，母亲对父亲还有些姐弟般的情感。正是这种情感，让她一辈子在父亲面前都处于弱势，所有的好吃的好用的，除了我和弟弟，她都给了父亲。结婚之后，父亲几乎过上了饭来张口、衣来伸手的日子。我 5 岁左右，父亲受四爷爷的蛊惑，到村里的小学做了民办教师，每月只有几十元的收入，且常常被乡里以各种名义扣掉。父亲还要在学校里吃午饭，有几年一年到头，不但一分钱不赚，还欠了学校几十块饭钱。这样的日子差不多有10年，都是母亲一个人的勤苦支撑全家，从春到秋，种田是她，薅草是她，收割是她，把粮食磨成面粉碾成米，最后做成饭的还是她。

母亲二十几岁时，我们还小，她也毕竟是年轻，自有年轻女人的爱好。有一年夏天，她日日早出晚归去挖药，两头不见太阳,两个多月断断续续上了30天山,终于攒下100块钱。她坐班车到乡里，千挑万选给自己买了一块表。这块表，她一戴就是20年，现在依然不舍得扔，存放在扣箱的一个纸盒子里——那儿都是些不值钱她却当宝贝的东西：我和弟弟若干年前写给她的信、我们小学时得过的奖状、幼年时的照片等。这块手表,成了当时年轻的母亲最大的财富。有了这块表,她再同村里的妇女们一起下田,自己多少有了些卑微的自豪,当其他人抬头看着太阳估摸时间的时候，她就抬抬手腕，说：“12点了呀，该回去喂猪了。”

年轻时的母亲，自然也爱美。有一阵子，二爷爷家的二姑从扎兰屯那边回来探亲，四爷爷家的四姑也从铅矿回娘家来。母亲和她们，以及村里相熟的几个妇女，整日穿得干干净净，相互串着门，一家一天轮流吃饭。不知道哪个提议，找人请了白庙子村的照相师傅，她们洗得清清爽爽，脸上擦了雪花膏，穿着鲜艳的红绿毛衣——虽然并不是穿毛衣的时令，但实在没有更鲜艳的衣服了——一起到南边的草场去拍照片。在我的记忆里，那几日的母亲，是她一生中最青春、最美丽的时刻。我总能记得当时的一张黑白照片：母亲坐在谷子地，紫红色的毛衣，头发卷着，戴一顶白色的凉帽，嘴角微笑，眼睛里荡漾着满足的神采。我很感谢照相师傅定格了这一刻，因为从母亲后来的生活往回看，几乎可以这样说：她生命里只有这短短的一瞬，泥土和庄稼不再是她的命运，而是背景，仅仅为了衬托她而存在。此前和此后，她都被土地紧紧地困着，在干涩粗粝的土块上站着、蹲着、跪着干活。

农闲季节村里人家都去山上挖药，赚几块买油盐酱醋的钱，母亲也去，总是步行，一天少说跑上百里。挖了几十年药，母亲唯一为自己买的东西就是那块手表。她从大山上背回的芍药、远志、黄芩、苍术，拎到村东头的供销社去卖掉，换回油盐酱醋，或者攒下来，等过年时扯几尺布，给我和弟弟做一身新衣服。等我和弟弟长到十几岁后，每年暑假也同母亲一起去采药，回来换下一学期的课本费用。若干年一直如此，那是我成长时的辛苦，也是我少年时的快乐。等冰箱这种电器开始蔓延到农村，村东的供销社和小商店里夏日总会卖些冰棍雪糕，我们兜售了药材，总渴望能买两根冰棍来吃，收入好的时候，母亲会给我和弟弟一人买一根。我们先给她吃，她只是象征性地咬一小口，说："哈，真凉。"然后看着我们狼吞虎咽地消灭干净。几年后，我和弟弟都工作了，父亲也终于转为公办教师，家里的债全部还完，母亲再去山上采药，卖完之后终于可以放心大胆地买两根雪糕来吃了。终于有一天，她在电话中和我说："这回吃足了，那些年真馋，舍不得吃，这回算是吃足了。"

和我一起上学的伙伴，都陆陆续续辍学了，去外地打工，在家放羊、种地，母亲却坚定地供我读书。当这些伙伴一个个给家里挣到了钱，或帮家里干了许多活的时候，我还只是父母看不见前路的负担。2000 年，已经复读了两年的我，因为志愿填写不当，被大连的一所税务学校录取，我无法再拒绝这个大学，带着家里借的 5000 块钱只身去报道。可我心里一直有愤然和不甘。在那儿待了一个月，军训了一个月，忽然一天班长发下一个算盘来，我震惊不已，明白自己永远无法去当一个好会计，就想，我宁可去种地，也不要在这里浪费生命，便决定退学。

打电话给村东头的医生，让他通知母亲下午 5 点过来接电话，当时全村只有这一部电话。那天，母亲赶着驴车从地里往回拉玉米秸秆，她大概知道要发生什么，自己不敢去接，跑到学校找了父亲。下午，两个人到医生的小药房里，等着我的电话。我在电话里告诉父亲："我要退学，不想念了。"父亲很愤怒，也很伤心，他无法理解其他孩子求还求不来的大学，我竟然不想念了。那一次，因为自己对命运的不忿，也因为想打动远在内蒙古的父母，我掉了眼泪。终于还是母亲心软，她在旁边和父亲说："不愿意念就回来吧，让他回来。"父亲终于说了那句话："你回来吧。"

我回来，在家里倒腾了一个月土肥。一天晚上，母亲说："你还是再去复读一年吧。"其实，我一直在等这句话，只是自己万万没有脸去提起。我知道他们为我读书付出的辛苦与屈辱。母亲后来和我说，从我初中住校开始，她天天盼着我放假回家，可又怕我放假回家，因为每一次回来，总要带钱。有几次，她去村里有钱的人家里借钱，被冷言冷语顶了回来，就一个人躲在灶火坑前哭，哭完了想想不行，孩子还要上学呀，就抹一把眼泪，继续去求人、去借。那一段时间，家里甚至借过5分利的高利贷，每到年根，就会有村里人来家里讨债，母亲连忙沏茶、点烟，赔着笑脸，请人家宽限几日。事实上，那一段有不少亲戚家是有钱的，但没人愿意借出来，他们都不理解父母为何要拼死拼活供我和弟弟读书，觉得这钱借出去，可能就永远也回不来了。

2001年的秋天，我终于从学校传达室拿到北京师范大学的录取通知书。坐班车回来，半路车胎爆了，天黑才到村里。母亲一如既往地在村口等我，我下车，告诉她："妈，我考上了。"她并没有喜极而泣，只是说："考上了？好，好。"然后带着我到供销社买了几瓶啤酒，回去和父亲、弟弟一起喝了庆祝。第二天，一家人依然早早起床，套上车，去北山上拉干草。许多年的期待和折腾之后，考中大学已经不那么令人激动了，但无论如何，我知道母亲在人前人后的腰板挺得直了些，渐渐地，曾经被村人瞧不起的贫穷，竟然会隐隐地成为一种光荣。“看人家那么穷，都把学生供出来了。”读大学时放假回家，母亲常常要拉着我去供销社买点儿什么，最初我不爱去，后来我明白了母亲的小小心思，便和她一起出门，穿过其实很短的马路，再回来。母亲是想不动声色地把她的儿子展示一下，从村人略带羡慕的眼神里获得她这一生唯一能获得的小小的虚荣。

2.

小时候，兄弟两个皮实、闹腾，腿上像安了风火轮，手上没轻重，常常摔了碟子打了碗的。若是在正月，爹妈就说“碎碎（岁岁）平安，碎碎（岁岁）平安”，饶过一顿责罚。倘在平常日子，爹妈必定一顿严厉呵斥：“毛手毛脚，什么事都干不成。”然后将碎成几瓣的碟子碗小心收起来，静等着有一天大门外响起一阵悠长的异乡声音：“焗锅焗碗补水缸来哟……”将师傅请进院子里，把碎裂的碟子碗拿出来。

师傅敲敲摸摸一会儿，说：“能焗，可是费功夫，两块钱。”老妈倒吸一口凉气：“赶上买只新的了，一块。”“一块五。”师傅说。“一块，送你两馒头一个咸菜疙瘩。”第二天，便有打了补丁的碟子碗端上了桌子，我和弟弟心中有愧，几乎不敢伸筷子夹里面的菜了。

2009 年腊月，老弟从延边回内蒙古老家结婚，当时我就职的单位正人仰马翻地赶年前的活计，不能回去。所以在老弟结婚的那几天里，老妈都是通过手机给我现场直播盛况的。依照我老家那边的习俗，结婚要折腾好几天，提前从村里请了能烧大锅饭的厨子，十几个相熟的亲戚朋友做劳忙人（就是帮忙干活的意思），把和邻居家的墙拆个豁子，因为要在那儿院子里安排上几桌宴席。还有一件事顶顶重要，就是从信用社借上几百个碟子碗，自然是安排客人吃饭用的。

院子里用砖头垒起一个大灶，支上大锅，灶膛里榆木柴火日夜不停地烧：炒菜、蒸馒头、烧水。正日子那天，家里并上左邻右舍的东屋西屋都摆了桌子，早有支客（老家的音里读 zhī qiě，就是招呼客人的大总管）按亲疏远近排好了一轮又一轮的座席时间。每桌有个桌长，负责倒酒散烟，劝同桌客人吃好喝好。众人就围坐了，忽然听得一声吆喝：“油着……慢回身……”是跑堂的劳忙人端着少说三个盘子过来上菜。然后七大姑八大姨互相攀着亲戚，灌着酒，品评红烧鱼和炖牛肉的好赖。大概一个小时，杯盘狼藉，迅速有人将碟子碗用大箩筐撤下，抬到井台那儿，一群大姑娘小媳妇用长满茧子或犹如葱白的手，分三遍将它们洗刷干净。不过十几分钟，这些碟子碗就又盛满了鸡鸭鱼肉摆在桌子上，迎接下一波客人了。

婚礼结束第二天，我又打电话给老妈，尽管对婚礼的诸多环节都很熟悉，可我还是作总结似的问了一句："妈，他俩婚礼挺好的吧？没出什么事吧？"

"好得很，"我妈说，"没摔一个碟子也没打一个碗，顺顺利利。"

"没摔一个碟子也没打一个碗"，搞了十几年文字的我，彻底被我妈这句话给惊着了，我想象不出还有什么话，能比它更具表现力和说服力。她老人家说的是碟子和碗，但又不仅仅是碟子和碗，她的意思是婚礼上的一切：客人对酒菜满意、娘家对接待认可、亲戚朋友没挑理，也无人喝醉了耍酒疯，请来的客人都安安全全回了家……总之，这个婚礼按着理想状态开始和结束。

若干年来，我一直对日夜不停的灶火、跑堂的吆喝和流水线上的碟子碗念念不忘，这是老百姓凡俗生活里难得一见的狂欢。碟子碗是见证，几乎所有的婚丧嫁娶，孩子过百岁，老人过寿诞，它们都要叮叮当当地在不同人家的桌子上游走一番。这些粗坯烧出来的碟子碗，就这么飞入了寻常百姓家，把一户又一户的悲欢离合都盛满再清空，循环往复，乐此不疲。

在这样的流转中，母亲和村民们所追求的就是那“没摔一个碟子也没打一个碗”的和睦平安，对老百姓而言，还有什么比这个更值得渴望的呢？

3.

现在的母亲，身体还算结实，但终归年龄越来越大，头发掉了许多，膝盖也总是疼。看着她日渐衰老，我不能责怪时间的无情，唯一可宽慰自己的是，日子不再那么艰难，我和弟弟都成了家，她的心，终于能从紧紧绷了近 30 年的状态中稍稍舒缓。母亲的天性，也才在她半辈子之后，有了释放的可能。我才惊奇地发现，母亲有着很好的语言天赋和老家妇女极少见的幽默感，她常常用一句简单的俗话，将我们苦苦经营的叙事解构掉。我们在镇子上给他们买了一台 DVD 机，还从北京带了正热播的几部电视剧的碟片回去，想让她和父亲没事的时候看。大家一起看《越狱》，说起电视里的谁谁怎么进监狱、如何冤枉、何等不公，我和弟弟甚至有点争论。母亲听了一会儿，突然说：“没别的，这些人就是命不好。”她这句话一出，我们竟然无法反驳，用农村人的观念来看，这句话已经解释了一切。

我出的两本书，都曾拿回家，本来只想做个留存。有一天母亲专门打电话给我，说："你的书我看完了。"我本不曾想到她会读这种艰涩的文字，便随口问她感觉怎么样。"还行，"她说，"你撒谎撒得还行。"我心里笑了，她说得对，所谓的小说，不过是一种虚构。所谓的虚构，用农民的话来讲，也就是撒谎。

还有一次，我们从村西回来，看到路口停着一辆卖西瓜的车、一辆卖菜的车、一辆过路的汽车和一辆村里的三轮，我们都说："怎么这么多车啊？"母亲赶着毛驴喊道："快看快看，汽车开会了。"我暗自惊叹，不知道她是如何把一堆汽车转换到"汽车开会"这样的修辞。此后我常留心母亲的话，发现那些简单的世俗的话语里，有着潜在的伦理、强大的逻辑和表现力。也是从这一刻开始，我渐渐晓得，不该拿自己的眼睛去看她的生活，我努力尝试着用靠近她理解事物的方式去理解她，尝试着去对她的喜怒哀乐感同身受。这时候，母亲不再仅仅是母亲，她成了一个老人、一个孩子、一个实实在在的灵魂。

她依然不辍地劳作，几十年如一日，一个人侍弄着几十亩地，养七八头猪、30 只鸡、20 只鸭子、四五十只羊、一头毛驴，锅里做着饭，院子里种着菜，手里搓洗着衣裳。

以我现在的生存能力，我始终无法想象，母亲是如何承受这些纷繁复杂而且繁重无比的劳作。她的手，是这一切的见证。我还从未见过有谁的手像母亲的手那样，除了坚硬的老茧就是裂纹，一到冬天，这双手一沾水就会针刺般地疼。我握着母亲的手，就好像握着她五十几年的辛苦，温暖而酸楚，老茧划着我的手心，粗粝如石头。而母亲不会想这么多，她会笑着舞动自己的手说："这手多好，挠痒痒都不用痒痒挠了。"

当我明白农民的辛苦也就是他们的命运，便不像少年时那样为此悲悲戚戚，反而是从根子上看清楚，他们比所谓的许多城里人，活得更丰富。8 月份回老家，母亲讲起前一年收割玉米的情景。她说："别人家都是两三口人收秋，咱们家你爸上班，就我一个人，怕落了后。"我知道，阔大的田野里，一旦别人的庄稼都收完拉走，只剩下你家的戳在那儿，牲口就会来糟蹋，也说不准有缺德的人来偷。因为进度缓慢，母亲着了急，早晨早早起来，腰也不直地干到晌午，回家吃口饭，喂猪喂鸡，狠狠地睡上一觉。等太阳偏西，不那么晒的时候，她就关好门，赶着驴车下田干活。太阳落山了，她吃块干粮，喝口凉开水，就着秋天又圆又大的月亮，干一整宿。母亲在闲聊中随口一说，我脑海里却立刻显出了这个画面：月亮，黑魆魆的田野，一个人影挥舞镰刀，一棵一棵地把成熟的玉米秸秆割倒，从田垄的这头，到田垄的那头，循环往复，天也静，地也无声，只有玉米叶子哗啦啦地响。我感到一种劳动的诗意，也感到了劳动的辛苦和寂静。我想象着那一夜母亲的内心，也许除了身体的疲乏，她也体验到了与以往不同的感觉了吧。我可以肯定，那只是劳动本身，也是善和美本身，或者，就是人本身。

后来，母亲的这段话，终于在我心里生发成一篇小说《秋收记》，当然情节是另外一回事，但那田野中月亮下的荞麦田，那山峦的沉沉的阴影，却始终是这篇小说的主要基调。也因为这一场景，我把母亲看作了在泥土里写作的诗人。我自然清醒地知道，在这所谓的美和善中，头发白了掉了，牙齿松了，腿脚蹒跚了，腰弯了。我也知道这个充满诗意的场景，在母亲五十几年的辛苦劳作的时间里，实在是轻薄得不值一提，但我还是珍爱它，把它当成是故乡之所谓故乡的一点儿根本，当成我在外漂泊迷惘时找到方向的灯火。

4.

我们才从家里回北京没多久，有一天母亲突然打电话给我，她的声音听起来有些难过和委屈，我猜到一定是有什么事情。在我不停地询问下，她终于说了，前几天上台阶绊倒，把腿磕了，本来以为没大事，可正面腿骨前起了一个鸡蛋大小的包，走路都困难。我很着急，问她有没有去村东看看医生，她说去了，输了两天药水，可一点儿也不见好。

“赶紧去林东吧，”我说，“明天就去，必须去。”

“家里没人管啊。”她还是放心不下。

“没人管就不管。”我几乎是在吼，她终于同意了。

第二天，母亲坐班车到林东的一家医院，开了刀。她本计划第二天就回去，可因为瘀血一时清理不干净，需要每天换药、输液，只能留在那儿，一待就是 10 天。我每天早晚给她打一个电话，不是宽慰她腿伤，腿伤经过检查和治疗，我已经不太担心了，而是宽慰她对家里的惦记。她觉得自己在这儿，家里肯定鸡飞狗跳乱了套。不管我怎么阻拦，她还是比预期早两天回去了，好在腿伤已经没有大碍，半个月之后，彻底痊愈了。

又忽然一天，她打来电话，我细细听，口气里透着小小的开心和得意，知道大概是有了好事情。果然，母亲说她和父亲去山里打杏核了，卖了 80 块钱。我也很开心，因为母亲终于从腿伤的消沉中恢复了乐观。能跑到山上去打杏核，证明腿确实没有问题了。然而，接下来的十几天里，她几乎每天都上山。我又开始担心，问她在做什么，是家里要用钱吗？她笑着说，不是，家里有钱，只是觉得前一段治腿花了 1000

多块钱，越想越觉得亏，她非要把这钱挣回来不可。果然，杏核打到1000块钱的时候，母亲不再上山了。

自从我结婚后，每次打电话给她，她总会说过几天我去北京吧，给你们做饭去。我开始很傻，直愣愣地说："你来了家里怎么办？你不是离开家几天都不放心吗？"过几天母亲又说："儿子，你给我弄个小推车，我也去北京，卖烙饼羊肉汤去，一个月也能挣不少钱。"后来，我终于明白母亲的心思了，便和她说："你来吧，来了我就给你弄个小推车。"如此前后设想一番，似乎这事就要变成现实一样。过一段就要重复一遍，她并不觉得枯燥，我也为自己能成为她幻想的一部分而高兴。因为我已然知道，母亲的这些话，只是她对自己生活的一种幻想。她年过半百了，一直都是土里来土里去，她也一定设想过和现在不一样的生活，她也一定有简单却无法实现的梦，我愿意顺着她的幻想，为她构造出另一个可能的世界，让她在这个世界里，实现所有的渴望。

母亲有她的顽固，母亲也有她的天真，母亲用她的行动和话语，为我展现了一个普通人的生活哲学。30岁时，我才写第一首以母亲命名的诗，把它录在这儿，献给我和你以及她与他们的母亲。

母亲

从未对我说爱
你不知道这个字的许多含义
你说的是
谷物、牛羊和野草
是食物、鞋子和信
你爱着它们
而它们
是爱我的

全部时光都被打包
像割完的麦子
我来到城市
每一个清晨到夜晚，背着它
不觉得沉
也不思念故乡

我多么想
照耀我的那些光也照耀你
不，应该是

我多么想
自己也能发光
为着更弱小的微尘

母亲，如果你给我的一切
我都能还给这世界
这世界就能以爱命名
爱不是耻辱
是饥渴
像我最初饥渴你的乳汁

好吧，让我们相爱
太阳升起之前
让母亲和儿子拥抱
粮食和土地成熟
让一代人
爱另一代人

灵魂是什么东西

回头看《别人的生活》《我们选择的路》《普通人的病与痛》和其他几篇文章，忽然发现，隔开几段文字，大概就会提出些不确定的问题来。有的尝试着给了自己答案，有的也只是作为引子导出更多问题。我于是知道，我写这些文章，更多是源自疑问，而不是发现了结论。但我珍视生活里的疑问甚过答案，答案只能标志着一段经历的终结，而疑问，却总是帮我们开启新的可能性。从这个意义上说，生命的确只是过程，因为结果来临的时候，一切也就都成为句号，所有的体验——无论是欢乐还是痛苦——都必须也只能在过程中感受，最后凝结于心头的无非是对感受的命名罢了。但同时，我们又必须把这个漫长的过程分成大大小小的许多阶段，并为每个阶段设定预想的结果，还为实现这些结果而创造和经历过程。这样一层一层细分下去，活着，就成了一种日常生活的微积分。这一篇，也是这个微积分中的小小数字吧，我于是直接在题目中提出了问题：灵魂是什么东西？

讨论“灵魂”，是一件看起来很“装”的事，好在我写这些，主要是为了解决自己内心的问题，也就不惮于装一下。我也愿意，这些问题给看它的人一点微小的启示，哪怕仅仅是停留几秒钟，从烦琐的工作和生活里走一下神，想想平时我们很少注意的事，也有了存在的必要。

1.

有关灵魂，最有名的故事应该是浮士德博士和魔鬼签订契约，出卖灵魂的那一个吧。但这个故事的背景和文本太过复杂，我无力探讨，只能把它当作一个引发思考的因子。何况，我要写下的这些文字，不是想讨论一个宗教问题，也不是想讨论一个“灵魂有无”的科学问题，我想谈论的，仍然是一个俗得不能再俗的生活问题。或者说，是想问一下，在普普通通的日常生活里，我们整天挂在嘴边、我们偶尔独自追问、我们或许深入思考、我们可能从未关心的那个所谓的“灵魂”，究竟是什么呢？

我忘记了是高中的历史课还是政治课，有一个老师提到了王阳明，说他的“心外无物”，是纯粹的唯心主义，应该予以批判。老师举的例子就是《传习录》中的一段话：先生游南镇，一友指山中花树问曰：“天下无心外之物。如此花树，在深山中自开自落，于我心亦何关？”先生曰：“你未看此花时，此花与汝心同归于寂。你来看此花时，此花颜色一时明白起来。便知此花不在你的心外。”那时候，我们认定物质决定意识，物质第一性，意识第二性，自然会觉得王阳明在胡说八道，你看不看山中的花树，它都存在，并不以你王阳明的意志为转移。尽管如此，还是本能地觉得这段话在吸引我，总觉得其中有一种动人的奇妙的东西在。

读硕士时，看了一些书，才明白过来王阳明的冤枉。到现在，我也并未好好地去研读王阳明的著作，但即使从日常的经验角度，也能多少理解他“心外无物”的伟大之处了。我会自己把它解释为：对人的精神世界而言，存在并非是一个东西在事实上的有无，而是在观念上的有无。在这个意义上，许多并不“存在”的东西，对人来说和存在是同样的。很多时候，一种假设的危险，也就是一种事实的危险，比如出现了禽流感，不论事实上是否每只鸡都有病毒，我们只能假设它们有病毒。同理，许多事实存在的东西，对一些人来说是完全不存在的。比如，美国和非洲，对我老家的人来说是存在的吗？我想是否定的，他们的世界只能通过所见所闻所感来建构，美国和非洲一天不和他们发生具体的联系，也就一天不存在。

为什么会这样呢？我后来想，也许是因为人自身也只能围绕着那个精神中的“自我”来生活，世界也只能围绕这一点来建构。对人来说，它并非是实实在在的物质，而是物质在头脑里形成的一个空间。这当然不是问题的终点，而只是一处驿站，我的思考继续往前的时候，我找到了“灵魂”这个词语。困难在于，灵魂，或者和它类似的词语，早已被我们过多地用到了空洞的地步。可除了它，我找不到另一个词来命名那个包裹在最中心的我、你、他。我应该像写某些学术论文一样，给“灵魂”下一个定义，但这又是一个悖论，因为无论我给出的是怎样的定义，在他人眼里都可能是词不达意的。所以，我虽然提出“灵魂是什么东西”这个问题，但又不能给出答案是什么，而只能写一些我以为和灵魂有关的事情。或者说，我要写的，不是来证明灵魂是否存在，或者它到底有多少重量，我只是在一定的层面上相信它存在，然后讲一讲这个特别的存在，究竟会是怎样的。

这些年，电视台出了许多选秀节目，有跳舞的、有唱歌的。我经常在电视上看到，某个选手情绪激动地在舞台上说：我用灵魂在唱歌、我用灵魂在跳舞、我用灵魂在画画。是这样吗？灵魂能唱歌、跳舞、画画吗？如果能的话，你怎么能确定自己是在用灵魂，而不是身体，不是情绪，不是无意识的冲动，不是其他支撑你的名誉、地位、金钱和自我实现的欲望？这些轻易号称用灵魂在做什么的人，也是一种回答，可绝大部分都只是一厢情愿的话，因为他们都没有好好想过灵魂是什么东西，也可能从来没有有意识地去自己的身体里挖一挖灵魂。之所以这么说，是因为他们相信“用灵魂在做什么”要比“用身体在做什么”更高级、更有价值、更应该得到认可。事实的确如此，但前提是你真的用“灵魂”在做这件事，而不是只用嘴巴上的“灵魂”。

2.

那句听到耳朵长茧子的话——教师是人类灵魂的工程师——现在几乎没有人再认真对待了，但事实上，这句话道出了一个真理，只不过不足够完整，除了教师，所有的他人都可能是别人灵魂的工程师。一个人长成什么样子，确实和周围的一切都息息相关，他所经历的一切，都会如风雨塑造地形一样塑造他。

父亲是小学老师，妻子是中学老师，在他们上课、备课、批作业、完成既定的工作程序之外，有着另外一些不能量化，也几乎是看不见的努力。这些努力是被忽略的，可在本质上却是更重要的。我对他们的工作暗自带着某种艳羡，我偶尔会和妻子说：“你们是真的在影响和塑造灵魂，我就算写一辈子书，可能也不如你们带给人的影响大。”的确是这样，她和她的学生许多次让我感受到了这一点。有一个孩子，父母都是高知，但不懂得教育孩子，也不在乎他的内心需求，使得他在冷酷的家庭长大，心理上出了点儿问题。这个孩子，一开始总是要做出伤害自己的事，或者对其他同学发怒，许多老师都担心这是个潜在的“麻烦”。妻子和班上的孩子，经过初期有些艰难的磨合，容纳了一切，给了他在家里得不到的关注，营造了一个十分舒适的班级氛围，他也就渐渐平静下来。初二时，他已经完全正常了，且显出了很多方面的天分，数理化常考满分，性格也变得开朗且自信。我当然无法去测量，在这个孩子改变的过程中，妻子或者班上的孩子究竟起到了多大的作用，但他们无疑对他有着好的影响。这或许只是一念之别的事情，一个孩子，就此走上了他可预见的正常人生，而不是另一种。

有一次，因为家里老人生病，妻子破天荒地请假，在我们回去的路上，她收到班长的短信，短信说，老师，你不用担心班里，我们仿佛一下子都长大了，我和另一个班长一定会管理好班级的。妻子感动极了，不停地说，我的孩子太好了。他们当然还只是孩子，可哪里仅仅是孩子呢？他们对别人有着本能的同情和爱，我想，这情感正是来源于他们的“灵魂”，而不是具体的知识。尽管我时时怀着恐惧：这么好的一群孩子，将来进入到这个复杂的社会里，会不会变得和现在的成人一样世故、圆滑，天真会不会变成残忍，天性会不会被规训，甚至会不会成为社会中“恶”的一部分？

但我仍然感到内心的喜悦，为着妻子以正确的方式对待了他们，他们以正确的方式度过了这几年。她不过是一个渺小的老师，认真批改每一份作文，写下评语；和每一个情绪低落的孩子谈心，对他们的困惑和焦虑感同身受；凌晨4点起来备课，常常下班回到家一动都不想动。倘若有一个最准确的天平来衡量，应该可以称出，在这个现实的世界里，她微薄的薪水，未必配得上她的辛苦和付出。世上没有这样的天平，有的只是自己心里的一杆小秤。可是不管怎样，她的的确确在影响着这些孩子那不断形成的“自我”，那日渐丰富的“灵魂”。

我们曾谈到，作为一个老师，在现在的中国教育环境下，究竟应该教给孩子们什么。考试要面对，家长们对分数的期待要面对，可在不得不做这些的同时，是否还能多一点点其他东西，哪怕仅仅是一粒种子。我们得出的结论是：无论这片土地将来生长出什么，让我们尽可能地先把智和善的种子埋下。

2010年，妻子的单位搞演讲比赛，她作为新人，被推荐去参赛。比赛的前一段时间，妻子有些焦虑，因为她从来没参加过这种活动，不知道该怎么去准备，但又不想随随便便应付一下。她回到家里，问我该怎么演讲——我曾经在上海的某个比赛中，误打误撞地演讲并得了最高分。我给她的建议是，永远不要去喊那些情绪激动的排比句和口号，倒不如讲几个实实在在的故事，她的班级上是有很多好故事的。妻子于是就准备故事，那次演讲，她得了冠军，比赛后很多老师都对她说：你讲得太好了，我听后特别有感触。

回来后，我问她都讲了什么故事，她很兴奋地向我复述演讲中的几个故事，有一个我印象最深，也是我从来没听过的。妻子说的是在杂志上看到的大江健三郎的故事，他在作品自述中提到，小时候很怕死，因病住院时更加恐惧，整天哭闹，不愿意自己待着，他担心自己会死掉。因为死了之后，“他”就没有了。大江的母亲安慰他说：别怕，如果你真的死了，妈妈会把你再生出来一次。于是他安心了。但是不久之后，他又忧心忡忡地问母亲：可是，即使你把我再生出来一次，那个我会把现在的我全都忘掉，我还是没有了啊？大江母亲说，我会把你所讲的话，所做的事，一件一件记下来，叫那个你都记住，这样你就不会消失了。这两次谈话，让大江健三郎获得了永久的内心平静，他终于笃定地相信——我——那个独一无二的自己，是不会彻底消失掉的。

这个故事让我震惊，因为我第一次开始认真地思考，如果身体里有一个“我”，那这个“我”该是什么样子呢？是我对照清晨的镜子看见的形象？是我独自一人时感受到的孤寂？是我在人群里觉得格格不入时的疏离感？是我父母的儿子、妻子的丈夫？是我写作时半癫狂状态的疯子？是我将来临死时回光返照所能想起的自己？我不知道是哪个，也许是这所有的集合体。可是，它究竟是什么呢？最后，我决定——不是认识到，也不是想到，而是决定——它就是人的灵魂。也就是从“我作为我”的第一次意识萌醒开始，通过所有的成长过程，慢慢累积、慢慢磨砺，所形成的那个“内核”，是在几十亿人的地球上让我成为唯一那个“我”的东西。想通了这一点，并笃信了这一点之后，我再也不会对自己的存在有焦灼感了，至少在面对“自我”的问题上，建立了一个稳固的精神根基。

当然，我们并非总是在如此经典而戏剧化的故事里，才能窥到人的灵魂。许许多多日常的细节，一样是灵魂的显影。关键在于，当它出现的时候，你用什么样的眼睛去看，给它怎么样命名，又以何等的心态去对待。

有一年春节，是在妻子的老家过的，因为我家里发生了一些变故，过完年后，不放心父母，我俩还是又回到内蒙古，去陪他们待了几天。坐火车回到北京后，妻子说：妈给我发短信了。我看妻子的手机，果然是母亲发过来的，她只在短信里写：这几天谢谢你们陪我，妈真的开心。而就在前几天，妻子给岳母打电话，她也一样在电话里说："谢谢你们回来。"我心里一酸，这酸楚固然是因为我们作为儿女不能常在父母膝前尽孝，因为为生活奔波的聚少离多，但与从前老人们给我的感动又多了许多东西。

它是什么呢？

我后来想到，它是一种我以前忽略的东西。母亲、父亲、妻子、兄弟，和所有的亲人朋友，我们从来都只是把他们定位在自己的体系里：我的母亲、我的父亲、我的妻子、我的丈夫、我的兄弟、我的朋友，这不是以自我为中心，而只是人的天然弱点。但这条短信让我忽然觉得，他们不是"我的"，他们在我之外是自己。或者说，母亲和岳母说谢谢我们的陪伴，才让我清楚地感受到她们的身体里，也藏着一个特别的灵魂，而不仅仅是"我的母亲""我们的母亲"。

3.

2011 年，我在一家驾校报考了驾照，同时报考的同事，大概半年后就拿到了驾照，但我因为很多事情，有时候一个月也上不了一次课，拖来拖去，就到了冬天。驾校里有接送学员的班车，但我不太愿意坐，所以一般就是周六或周日的清晨，搭早班的地铁到西二旗，然后在那儿倒一辆公交车到驾校。

这来回的路显得有些漫长，借着这段不需担心终点的短暂旅途，我开始重读《安娜·卡列尼娜》。这本书，本科的时候粗粗地读过一遍，除了记住了开头的那两句最著名的话，什么实在的感觉也没留下。那时的我，刚从乡下到北京，盐碱地般的内心，很难栽种下我不熟悉的植物，而“自我”空间的狭窄，也难以容纳那些伟大的文字。可是这一次，或许是路上的颠簸应和了生活的坎坷，或许是灵魂终于敞开了它的呼吸，每一页纸都读得感慨万千。我清醒地记得，那一天天气阴沉，有些冷，我练完车，坐着大巴从驾校回家。我读到安娜纵身跃向铁轨，读到她在无可挽回的一瞬间仍试图继续活下去，顿时感到如重锤击胸，差一点儿在车上哭起来。那么一瞬间，托尔斯泰所写到的这个文学形象真正地活了，我看到也体验到了安娜的灵魂，不是精神，也不是心灵，是更缥缈和深入的灵魂，那个似乎不存在的空气一样游走在肉体中，作为一个人的根本的东西。我感觉到，她的一生，她的所有喜怒哀乐，都进入到我的心里。回家的路刚走了一半，我合上书，脑海里不停地盘旋着里尔克的《严重的时刻》：

此刻有谁在世上的某处哭，
无缘无故地在世上哭，
在哭我。

此刻有谁在夜里的某处笑，
无缘无故地在夜里笑，
在笑我。

此刻有谁在世上的某处走，
无缘无故地在世上走，
走向我。

此刻有谁在世上的某处死，
无缘无故地在世上死，
望着我。

它像一个咒语，像一个来自天际和地心的话，不停地重复着，用各种各样的语气和节奏。我感觉到了，在它的重复中，是一个又一个安娜的、我自己的和其他人的灵魂在娓娓诉说。我犹如置身一间昏暗的屋子，窗帘的缝隙透出微细的一点光，身下那张椅子是安静的，眼前的墙是安静的，只有这首诗被诵读的声音在动，而这声音不是我自己，不是我所听过的任何一个人的声音，它仿佛就是里尔克在用中文诵读，仿佛是千百万人共有的声音在读。第一次，我感觉到一首诗触及了灵魂，里尔克通过托尔斯泰的安娜抵达了我，世界上，再也没有比这更神奇的旅程了。只有诗歌有这样的伟力，通过简简单单的一百个字，道尽无数人欲说还休或无力诉说的内心生活。

诗有这样的伟力，或者文学有这样的伟力，是因为那些写诗的人、写故事的人，看到了，也袒露了自己的灵魂，它的悲伤与煎熬，它的沉痛与磨难。除此之外，再不能有其他抵达千百万人内心的路途。1849 年的 12 月 22 日，被判死刑的陀思妥耶夫斯基在绞刑架下获得大赦，经历了濒死逃生。他后来在给哥哥的信中写道："我请求与你相见。但我被告知，这不允许，只能给你写这封信，望你尽快给我回音。我担心，你大概会知道我们的判决（死刑）。在押解到谢苗诺夫校场去的路上，我只见囚车窗外人山人海，可能消息也传到了你那里，你必然为我感到痛苦。”

在被带到刑场的路上，陀思妥耶夫斯基从囚车的窗口看到一大群人，他想到这群人一旦将行刑的消息传到哥哥那儿，他该是多么痛苦。终于获得重生之后，他反而彻底理解了生活的本质。“现在你对我可以放心一些了。哥哥！”陀思妥耶夫斯基写道，“我不忧伤，也不泄气。生活终究是生活，生活存在于我们自身之中，而不在于外界。以后我身边会有许多人，在他们中间做一个人并永远如此；不管有多么不幸，永不灰心和泄气，这就是生活的意义和它的任务。”

看看吧，死亡在这个人的灵魂里表现为什么，不是恐惧和诅咒，而是爱。每当想一想，这颗伟大的心灵，在自己即将被绞死的路上，看到了车窗外的人群，想到的不是死亡本身，而是死刑消息可能带给亲人的痛苦，我的心就会颤抖一下。我感觉到，通过这个场景，通过被转译的文字，通过同时作为人的处境，我那懵懂般的灵魂被他的灵魂触摸和抚慰了。不仅仅如此，他在另一段里写：“如果有谁还记得我的坏处，如果我和谁争吵过，如果我对谁产生过不好的印象，那么，要是你能见到他们，就请他们把这一切都忘记吧。我心里没有怨恨和愤怒，此刻我多么渴望能热爱和拥抱任何一位熟人。这是一种欢欣的心情，我今天在死亡边缘与亲人告别的时候体验到了。这时候我想到死刑的消息会使你悲痛万分。现在你可以放心，我还活着，而且以后能拥抱你的想法将支持我活下去。我现在想的就是这件事……”从死亡线上捡回命的陀思妥耶夫斯基，为自己带给亲人的痛苦而痛苦，为了拥抱哥哥和所有熟人而活下去，我想象不出比这更多的悲悯，也想象不出比这更动人的灵魂。

是这封信，让我真正体会到了陀思妥耶夫斯基的非凡之处，对他的作品的理解，也因此而打开了另一扇洞悉秘密的门。也许，同样是因为这一点，他才能写出那么震撼人心的《罪与罚》《卡拉马佐夫兄弟》《白痴》，一如托尔斯泰写出了《安娜·卡列尼娜》《复活》《战争与和平》。评论家们会证据确凿地指认，陀思妥耶夫斯基的心理描写独一无二，但是不是更应该说：陀思妥耶夫斯基写的根本就不是心理，而是灵魂。我在读《罪与罚》的时候，大学生拉斯柯尔尼科夫的所有恐惧、焦虑、忧愁，全都能感同身受，他灵魂的煎熬来自陀思妥耶夫斯基灵魂的煎熬，然后又传到了我这样的读者这里，它默默地改变了我对自我和人生的许多看法。

如果说，我渐渐找到并看清了自己的灵魂，那也是因为这些灵魂在漫漫人生路上作了指引，仅凭这一点，文学和艺术，怎么会消亡呢？更何况，就算文学到此不再发展，也没有人再写出伟大的作品，仅我们现在拥有的，也足够人类在一片荒芜中重建精神世界了。

4.

拉拉杂杂许多，我自己亦深知这悖论：灵魂既无法准确描述，又难以捉摸，而只能去用带着“自我”的灵魂感受。我想，人与人之间所能达成的终极交流，也不外乎互相承认并尊重彼此的灵魂，哪怕它在绝大多数的场合和时间里，都表现为日常的琐碎和普通的情感。几年前，我的朋友哑巴和我提到一个细节，它来自葡萄牙大作家萨拉马戈的小说《修道院纪事》。那时候，我还没有读过这本书，朋友在向我介绍时，我有一个印象最深的细节。这个细节的大意是，一个人称七个月亮的姑娘，她的母亲要被作为异教徒、巫婆判刑，广场上围满了人，七个月亮也站在人群中。她只能假装不认识自己的母亲，可母亲看得见她。母亲看了看七个月亮后，七个月亮转过头问唯一一个站在她身边的年轻男子：你叫什么名字？这个男人说，我叫巴尔塔萨尔·马特乌斯，人们也叫我七个太阳。他回答时神情自然，仿佛觉得这个女人有权利问这个问题。后来，他们相爱了，七个太阳问七个月亮：你那时候为什么要问我的名字呢？七个月亮说：

因为我母亲想知道你的名字，也想让我知道。那，你母亲为什么想知道我的名字呢？因为我母亲想知道，到底是谁站得和我这么近。

“到底是谁站得和我这么近”，我听到这句话时，心里有一种暖暖的灼热感，我在想，它是多么准确而诗意地写出了人和人之间的情感，那种无声的、本能的、温暖的情感。所有人是否都会在某个时候问一问：到底是谁站得和我这么近？就是这句话，让我开始寻找这本书，后来，我在孔夫子旧书网上买到了这本书，还是一本七成新的旧书。我开始阅读它，并对这段话怀着激动的期待。后来，我发现书中所写的情节和记忆中的有些出入，但我并没有去纠正和修改自己的记忆。这些出入，并不妨碍我所记得的版本，作为一个两个人灵魂上进行交流的故事来滋养内心。

那么，灵魂究竟是什么东西呢？

大概是我以上所描述的一切，又或者是我以下所写的一切，甚至都不是，而是另外一种东西。无论如何，我珍惜这个词语及其所引发的所有思考和情感。我试着用它来回看经历过的三十几年的岁月，我便在更深的层面上感激自己少年时的贫穷，也憎恨自己少年时的贫穷，因为就是这感激和憎恨，帮我找到模糊的自己，它把根同时深埋于现实和精神的土地里，让我这一生都不会丢失基本的方向。

我坚持认为，灵魂不是心灵，不是精神，不是那个所谓有“21 克重”的东西，灵魂甚至不会随着你的生长而生长，它只是它，是我们在清醒的意识状态下那个自我的核。如果说人的身体犹如一个微观的宇宙，那灵魂就是身体最最原始的点，我们内心的一切情感都来自它的大爆炸。灵魂的风暴，就是这个核的聚变和裂变，这看不见的能量，引发你一生的遭际，也影响着别人的遭际。可是它又不能被物化，也不能用时间刻度来标示，灵魂就是那清醒或混沌的自我，是认清卑微的本质，但却保有小小的尊严的那个自我。它是基于现在的、此刻的“自我”而具有的，比“自我”更深沉、更缥缈的自我的“自我”。灵魂就是那个我们的身体、意识都纹丝不动，可是它却暗自颤抖的东西，是在最最深且静的黑夜里你内心中突然闪亮的东西，是你在遭遇某件超出绝对意外的事情时自然地从躯壳里跳出来的东西。看到孩子被害的新闻，心里一痛，你就会不由自主地流下眼泪；所爱之人因爱而快乐，你会自然而然地从最深处生出欣慰感，等等。这些不是理性，甚至也不是感性，这些“不由自主”和“自然而生”可能就是灵魂。

如果这个追问可带来确信——生活中确实有那样一道光，比如灵魂，可照亮立锥之地，可温暖内心，但我们的命运却在于，每到夜晚，所有的光都将隐匿，汇聚一处，第二天醒来之后，你必须重新寻找它。这种不断重复的寻找和确信，如同西西弗斯滚动的那块石头，沉重、粗粝，可又是不可逃避的劳作。它隐藏在白昼的所有光之中，稍纵即逝，稍纵即被吞没，但并非不可把握。

身边的少年

这个题目，在写《普通人的病与痛》之前就定下了，我知道自己肯定要写，但那时，却还不知道该写些什么。这个名字为《身边的少年》的空白文章，就这样放在桌面上，哪怕是期间清理过无数个不再打算留存的文件，甚至换过一次电脑，它也仍然倔强而空虚地在那儿。它在提醒我，一看到它，我会想起总归要写的这篇文字，还要一并想起自己那本才写了三分之一就搁笔的《少年与落日》。

少年少年，步入30岁之后，再从口中迸发这样的词语，甚至会觉得词语本身也是那么迷人，充满着青春的无畏与活力。我和我的同龄人，已经不复少年时，亦不复少年的情怀，开始一点点把人生的铁轨，接驳到那条无数人运行的轨道上，一列接着一列，在相似的站台，接上年迈的父母，载上初生的孩子，结识许多或漠然或热烈，上上下下的朋友，就这样往未来开去。但人们总会在某一刻回头，就不免仍要碰见“少年”这两个字。长大成人之后回想，少年的阶段，对一个人的生成竟是如此重要。于是，我带着步入中年的疲沓之心，要写写曾经和正在的少年们，我所见所闻的少年们。

1.

我上班的地方，挨着一所全国最著名的中学，经常中午和同事一起去那儿的食堂吃午饭。每次走进校园里，就会看到一群少年在奔跑着、叫喊着。他们似乎活力无限，冬天只穿不多的衣服，夏天却套着厚厚的校服。同事老龚经常说：看看附中的这些孩子，觉得我们真是些老家伙了，看看他们，蹦蹦跳跳的多好。是啊，只不过跨进校门的一刹那，你就会感到，这儿和外面的世界有了区别。一个少年都意味着年轻，何况成百上千的他们汇聚在一处呢？少年们昂扬而干净的灵魂，甚至漫过学校的围墙，把这充满汽车和人群的枯燥之地，打扮得带有早春的气息。

有一次，中午，我吃过午饭往单位走，路过旁边的中学。我看见一个十五六岁的男孩子，手里拎着一沓小广告，走几步就贴在地上一张，走几步又贴一张，在他身后，牛皮癣一样的广告延伸到很远。这也实在是司空见惯的场景了，我们走在大街上，不是每一天都会见到好多吗？小广告贴在马路上、天桥上、护栏上、路灯杆上、墙壁上、自行车后座上……而贴它们的，通常都是十几岁的少年。从衣着和相貌上能看出他们来自乡下，不再读书了，到城里来讨一份生活。他们生存的工具就是胶水和印满了办证、刻章之类广告的小纸片，贴得到处都是。他们贴一张，就会赚到一张的钱，完全不会想到，自己的作为在别人眼里是一种破坏，是“非法和可恶”。

我也如所有司空见惯的人一样，看到他们，会自然地想到地上难看的“牛皮癣”，但也仅此而已。直到这一天。那个男孩贴着小广告往前走，突然从旁边冲出来一个十四五岁年纪的女孩，穿着校服，一看就是学校里的中学生。女孩蹲在地上，把他刚贴的小广告一张一张地揭下来扔进垃圾桶。男孩发现了，很吃惊：这大概是第一次除了环卫工人外，有人来揭他的小广告吧。他迟疑了一下，然后斗气似的把手里的小广告往地上、护栏上贴。女孩也生气了，跟在他后面往下揭。可是他贴得很快，她揭得总要慢一些，女孩更生气了，她放弃小广告，开始追那个男孩，嘴里喊着：不要贴了，你不要贴了，难看死了。男孩看着有点儿疯的女孩，这出乎了他的预料，似乎感觉到了某种不安，或者他终于意识到自己的作为可能并不那么理直气壮，飞快地跑开了。女孩看他跑了，也停住脚，喘着粗气，脸蛋泛红。她有点儿累了。喘了几口气，她又去把刚才男孩贴的小广告都揭掉扔了，走进校门，消失在学校里。

我回到办公室里坐下，脑海里总是闪现这样一个场景：一个少年在追另一个少年，前一个来自农村，没读书，在打工；后一个生于北京，或许很快就会考上大学，她追着他，揭掉他贴的小广告，而他最终落荒而逃。他们几乎一样的年纪，却成了这样的“对手”，是怎样的生活和命运把本来应该是同类的少年变得如此不同？站在一个生活在北京的成人的角度，我们会多么热爱与欣赏这个女孩子的作为，她把一颗干净纯洁的灵魂献给这个世界；可站在一个来自农村的人的角度，我又明白自己毫无谴责男孩的资格。我深切地知道，如果我当年没有幸运地考上大学，而是出来打工，我很可能就是满大街贴小广告的少年中的一个。这件事，不再是简单的对和错，而成了一个疑问、一个困惑。我们都知道，这些打工仔是无法把城市当作家的，尽管他们无比渴望它是，有多少渴望，就有多少现实告诉他们这是幻想。

我想起，读大学时，经常去金五星百货城，那里是穷学生的天堂，什么都有，还很便宜。于是，就经常在那里看到警察把一些十五六岁的孩子抓起来带走，他们是小偷。被带走的时候，他们并不感到难过或羞愧，只是用一种奇异的眼神看着围观的人们。到现在，我也无法猜透那眼神里都有怎样的意思。找工作那段时间，经常步行换乘各种公交，偶尔会碰到某个少年迎面走来，到你跟前，突然间敞开外套，露出里面一台数码相机或一排手机，用并不标准的普通话问：大哥，要相机吗？便宜。第一次我有些吃惊，后来便习惯了，摇摇头。他们就又合上衣衫，风一般地从你身边走过了。也许无须猜测，就可以知道这些相机和手机是从哪儿来的。这样的少年一波又一波，我最早遇到的那一些，现在也已经二十几岁了，他们在干什么呢？

在这遥远的异乡都市，永远有少年在流浪，也永远有另一部分坐在课堂里读书。有一些东西，在把他们的过去分开的同时，也把他们的现在和未来分开了。我总感到某种愤愤不平，为人们在少年时，得不到平等的生长的机遇。特别是对农村的孩子来说，很可能一件微小的事情，就失去了改变命运的机会。可能是一次学费交不上，可能是冲动地打架……很多细小的可能，渐渐把他们的路推向坎坷和歪斜的方向。没有人会为此负责，而他们只能接受。

因为工作的原因，有好几次，我去印刷厂盯封面的印刷。工作人员带着我参观印刷的流程，一走进他们的大车间，就闻到了刺鼻的味道，各种胶水、工艺材料、纸张等的味儿混合在一起，让人头晕眼花。我看见车间里有近百个比我年纪要小的年轻人，在做着许多机械的工作，粘贴、装订、切割等等，那些平日里在书店的架子上趾高气扬的书本，现在多呈现为残缺的肢体，无言且无趣。我惊讶地注意到，工人们没有一个戴口罩的，在这么浓重的味道里。我问带我们转的工作人员，她说已经习惯了，戴口罩会觉得闷，习惯了就好了。一个人，以及他的呼吸道和肺部，需要多么强大和牺牲，才能习惯这种刺鼻的味道？我不敢细问这种味道对身体是否有损害，因为看起来这是不可选择的。

机械地工作的少年们，见我们来参观，他们只是抬起头，看了一眼，又埋头于自己手里的活计，没有闲谈，没有微笑，他们做得那么娴熟。可这算是一种技艺吗？工作没有贵贱，工作又怎能没有好坏？在回城的地铁上，我有点昏昏欲睡，可头脑里始终是他们的身影和神情，他们是那样的安之若素，在短暂的遭遇中，我看不出不满和无奈，或许有，只是藏在深处。我在他们身上，看到了许多人的影子，那些我曾经的玩伴，十五六岁就开始出去打工、去建筑工地，打石头、挖煤、粉碎矿石，以及各种我还没来得及想象的事情。

他们也是一样的少年，但却有着不一样的青春。我似乎能找到命运区别的原因，但又似乎只是抓住了一缕青烟，在握紧拳头的一瞬，青烟也随之飘散。

2.

老婆是中学老师，每天跟100个这样的少年在一起，因而总会听到她讲他们的故事。有一年的时间，我和老婆住在她们学校的宿舍里，宿舍就在校园中。她们学校有很多流浪猫，我惊奇于这些流浪猫都长得胖胖的，以为是在吃食堂的剩饭，后来才知道，它们的伙食好得很。稍加注意，总是会看见穿着校服的少年们，从商店里买来火腿肠，掰碎了给流浪猫吃。学校里有一个大池塘，池塘里有红色的小金鱼，他们就又买来鱼食喂鱼。这都是很小的事情，很多人都在这么做着，但你看见一群少年这样做时，还是会感到某种感动。

现在住的小区，离地铁不算远，中间隔着另一个小区。附近上班的人们，一般都要绕过这个小区才能到达地铁。这个小区当然有贯通的东西两道门，但管理很严，要刷专门的卡才能打开。上下班赶时间，或者图方便的人，经常会等在门口，见有人刷卡开门，赶紧趁机进出。这一点大概让小区的物业很烦恼，可是又有点无奈。

有一天下班，我拎了些重东西，贪图省力，也走到门口去。我看见一个老太太，带着一个3岁左右的小女孩站在铁门里。小女孩手里拿着门卡，她奶奶把她抱起来，才刷上卡，门开了，我打开门，站到一旁，想让祖孙俩先出来。可是这位奶奶连忙摆手让我先进，僵持了几秒钟，我赶紧进去，还是用手撑着门。小女孩着急地拉了我一下，我有些疑惑。她奶奶笑着说，她让你关上门。我关上。老奶奶说：我们不出去，我们就是来给人开门的。我终于明白了，这个小女孩就是专门来到门口，看到有进不来的人，她就努力去刷门卡，把门打开让人们进来的。我赶紧说，谢谢你。她说，不客气。后面又来了人，她果然举起了手里的门卡，奶奶把她抱起来，门再次打开。她开心极了。

这样的故事，似乎怎样解读都有歪曲它的嫌疑。但只要一想起她努力去够刷卡器的场景，心里自然就生出非常温馨的感觉。我们曾经也是如此，后来长大了，变得世故圆滑，即便不奢求像小女孩一样毫无私心地为人开门，在其他伸手可及的时候，我们就一定会伸出援手吗？我不知道。因为有太多的事件在证明，许多人不但不会伸手助人的，反而是相反的。

如何面对孩子，似乎成了大人们共有的难题。坐地铁、坐公车，时常会面对让座的困境。老人、孕妇、残疾人，我都会毫不犹豫地站起来让座，但遇到孩子，我总会看一看。如果孩子很小，自然也会把座位让给他和家长，但如果孩子已经到了八九岁的样子，且跟着的是父母不是爷爷或奶奶，我一般不会让座。这个年纪的孩子，体力已经不错了，站一站也不会怎样。如果总有人因为他未成年就给他让座，就有可能形成一种“别人通常要让着我”的心理。而且，我们常常见到，你给一个老人让了座位，他很快就让给自己的孙子，他们又常常坐得理所当然，全然不顾祖辈在公交车上摇晃着。一件本来很好的事情，在这个传递中，变成了另外一件事。

2003年的6月到8月，因为一个机缘，我曾跟一个剧组到景德镇去拍戏，帮导演改一点剧本，顺便给他们写新闻稿。在景德镇的时候，有一个场景是在某家烧瓷器的厂子里。有一天上午，剧组去那儿取景，我也跟着参观了上百年的瓷窑和一些烧制瓷器的作坊，还看到七八个十五六岁的男孩女孩，在对着瓷器坯子，一笔一画地画山水花鸟、画人物。我很好奇，便在旁边看了一会儿，他们有点儿羞涩地抬起头，看看周围的人，然后又埋下头去仔细地画瓶子罐子。我知道，人们在瓷器上看到的图案，很多都是他们一笔一笔画上去的。但更令我吃惊的是，他们除了吃饭和上厕所，一整天都坐在椅子上画，画得非常慢，因为有一笔出了纰漏，整个瓷器就坏掉了。

景德镇夏日的中午闷热异常，他们浑身都在淌汗。我后来打听到，他们都是景德镇瓷器学校的学生，相当长的时间里，他们都要在作坊里画瓶子罐子，这是一种实践，也是为将来要成为大师的练习。

在此后，无论在哪儿看见瓷器，也不管它们的色泽、质地是怎样的，我都怀着一份感动，因为我不但见过了上千度的熊熊窑火昼夜的淬炼，看见土和着水变成泥，变成形状各异的坯子，更看见了一群少年赋予它们生动和灵气。这当然是幼稚和拙劣的画笔，更无法和流传下来的那些古代珍品相比较，可少年身上的汗水和神情里的认真，总让我觉得这些普普通通的瓷器，内里藏着他们的故事和命运。

3.

事实上，我最了解的少年，或者说曾经的少年，是老弟。在我不停地复读，一定要考取一所理想学校的时候，他只是读了一所中专，他走过的生活之路，就是一个乡村少年艰辛的成长历史。所以，我愿意用更多的篇幅，讲一讲他的故事。

我上初中时，老弟读小学，很贪玩，学校里又新换了毫无经验的女老师，班级成了放羊班，老弟的成绩就很差。对这一点，父亲并不像看到我成绩差时那么愤怒和着急，事实上，大概老弟才出生不久，父亲就打算好了一件事：两个儿子，一个将来出去闯荡，另一个留在家里给自己养老。因为这个想法，他在老弟的学习上并不是很在意。我在读小学期间，因为作业、课文或考试成绩，被父亲打过好几次，但他似乎从来没打过老弟。

乡下开始实行九年义务教育，老弟搭着这趟顺风车，升到了初中。我们读的中学，离家 40 多里路，条件极差。因为小学时底子薄，他初中的成绩也就不可能尽如人意，又远离父母管教，老弟爱玩的天性得以自由施展。他开始展露其他方面的天赋，比如省吃俭用地攒下 5 块钱，从同学手里买下一个破旧的小随身听，然后自己拆开，鼓捣好些天，竟然修好了，又用 10 块钱的价格，把它卖给另一个同学。他就这样在玩闹中把初中读完了。

老弟中考那一年，已经是我的第二年高考了。父母曾和老弟商量放弃中考，因为他平日的成绩，无论如何也考不到高中，想让他直接停学，回来和老叔学习开车，然后当一个货车司机。老弟说，还是考一考吧，因为报名费早几个月就交上去了，如果连考场都不进，太亏了。于是他就去考了一下，考完之后，随便填了几个中专学校的志愿，便打包行李回家，下地干活，已经做好了当一辈子农民的准备。但是一个月后，就在我收到一所很差的专科学校通知书一周后，邮递员给家里送来一个信封，老弟竟然被呼和浩特的一所中专学校录取了。那时候，还没有网络，也没有其他任何消息来源，全家人都判断不出这究竟是一个怎样的学校，担心只不过是一场骗局。而且，家里陷入一种紧张的气氛：父亲提前几个月就开始张罗着借钱，他觉得这一年我无论如何也能考上大学了。

我却并不想到这个学校去。父亲犹豫着，这笔辛辛苦苦筹措起来的高利钱，究竟是还回去，还是把它作为老弟的学费，送他上学。我们开了一个气氛凝重的家庭会议，结果是，同意老弟去读一读这个一无所知的学校了。

老家去呼市，先从林东坐火车到集宁，然后转车。父亲、老叔一起送老弟到林东坐车。那一年老弟 16 岁，从没出过比林东还远的门。他们把老弟送到离林东十几里地的小站，看着他孤身一人踏上绿皮火车，再看着古老的内燃机车缓慢地驶出站台，父亲突然脸色雪白。老叔问父亲："二哥，你没事吧。""没事。"父亲说，但有气无力。他俩回到镇子，到小饭馆里吃晚饭，要了一瓶白酒，才吃了几口菜，父亲就痛苦地伏在了桌子上，老叔吓了一跳，赶紧过去搀住他。过了好一阵，父亲才缓过来，喝了几口酒，脸上终于有了血色，他说自己在车站那儿就有点儿心脏不舒服。母亲后来跟我和老弟说："你爸那次太吓人了，想起文泽一个人上学去，担心得犯病了。"事实上，父亲并没有心脏病，但他那次如同心脏病发一样经历了危险，可能是在那一刻，他才突然实实在在意识到，自己这个刚刚成年的、准备留在身边养老的小儿子，孤身去外面那个他一无所知的世界闯荡了。

那时候，村里没有电话，不可能及时获得远方的消息。老弟踏上西去的火车，四五天都没有信儿，全家人都在担心，亲戚们见到父母，也总是问："文泽去上学咋样了？来信儿了没？"母亲总是故作镇定地说："男孩子，没多大事，写信至少得半个月才能回来。"又过了一天，在矿上工作的四爷爷家的四姑回来，说老弟给他们打过电话了，已经到学校了，放心吧。爸妈这才放下心来。

这年冬天，我还在复读班的最后一排鏖战，门口的同学喊，说有人找我。我出去，看见老弟笑嘻嘻地站在楼梯拐角处，身上背着简陋的双肩包。我过去，两个人破天荒地拥抱了一下。问他啥时候回来的，他说刚下火车。他长高了，也更强壮些，板寸头发，最重要的是，我看见他嘴唇上有了黑黑的胡楂儿，只不过半年工夫，他已经有了青年的模样。老弟下午坐车回家，他把自己包里在火车上没有吃的面包、橘子和一瓶汽水都给了我，我一边咀嚼吞咽这些食物，一边想象他在拥挤嘈杂的火车上站 17 个小时的辛苦。

等我也放假，全家团聚时，老弟才细细讲起他上学的路途。他从集宁下车，到窗口买了去呼和浩特的票，就一直不敢离开车站。晚上 9 点多，他才从呼和浩特下车，可他们学校离市区几十里地，他找了一辆摩托三轮，半夜找到了学校。母亲一边听老弟讲述，一边感叹："大半夜的，你也不找个地方住下，让人家把你害了怎么办？"老弟说："找个旅馆住，少说也得二三十块钱呀。"他和我一样懂得，家里每一分钱得来的艰难。

三年后，老弟从那儿毕业，和几个同学被人介绍到刚刚起步不久的一家牛奶制品企业工作。在那儿，他几乎什么活都干过，打零工、收牛奶、做质检员。收牛奶时，因为不愿意收掺了水的奶，还被人追着打。毕业工作的三年，他没回过一次家，因为他自己在心里暗暗发誓，要做出点成绩来再回去。可一个打工仔，要做出一番事业，是何等的艰难。那时候，因为我和老弟都已离家千里，父亲下定决心装了部电话。有一个除夕夜，母亲给老弟打电话，他说他才刚刚加班回来，母亲听完就掉眼泪了。老弟后来告诉我，因为交房租后身无分文，他从同事那儿借了 100 块，买了一只烧鸡一瓶白酒，回到他们那个阴暗冰冷的出租屋里，吃完烧鸡，喝光白酒，倒头就睡。为了抵御饥饿，他过年的几天，基本上都是在冰冷的床上度过的。

2002 年的 5 月份，我已经在北师大读书了，五一假期决定去呼和浩特看老弟。我住在内蒙古大学高中同学的宿舍里，刚到的那天喝了很多酒。第二天酒醒后，我坐上一辆公交，走了大概半个多小时，到了企业的产业园。下了车，我四处打望了好久，才终于看见在一排小饭馆、小商店下的老弟，头发很乱，脸色也不好，胡子拉碴，嘴里叼着一根烟。这一次，我们没有拥抱，而是说："我都没看见你。"其实我来之前就已经知道，老弟生活得并不会很好，但看到他的憔悴和颓废，还是超出了我的想象。

他带着我在企业的园区转了转，那里贴满了“员工以为企业奉献为荣”一类的洗脑标语。然后去他和一个同事合租的小屋子。小饭店那条街的后面，新建起明亮的大楼，绕过这座楼，再穿过一个布满垃圾和水坑的胡同，是一排破旧、低矮的平房，老弟的住处，就是其中一间。屋子里很暗，大概只有六七平方米，靠西面和北面的墙下，摆着两张床。不，不是摆着，也不是床，不过是地下摞了四摞砖头，砖头上铺了几块木板，木板上铺着一床褥子，褥子上是很薄的被子、枕头和暗绿色的军大衣。这就是老弟抵御黑夜时所能有的一切。靠门口的地方，有一个小炉子，是用铁皮桶自己做的。屋子里很冷，老弟想点着炉子暖和一下，但费了好久的劲儿，只是煤块在半死不活地冒烟，炉火并没能旺起来。老弟说，咱们去吃饭吧，饭馆里热乎，这破炉子总这样，爱冒烟。他的眼睛被烟熏得发红，是一种被迫的流泪状态。

我们到这家附近的小饭馆里，要了砂锅和米饭，闲聊着吃完。我记不清有没有谈到未来两个字，但我们肯定说起了将来的日子。我问他的打算，老弟说，先干着看吧。我又问他今年过年回不回去，他没出声，点起烟，吸进去，吐出来，过了好一会儿，才说：“到时候看吧。”我发现他右手的小拇指指甲很长，问他留这个干吗。不干什么，好玩，他说。我当时有点难过，他依然封存着自己的内心世界，我知道，他不想让我为此担心，不想把自己现在穷困的生活和迷惘的未来给我看。他努力营造着一种“我很好，至少还行”的氛围，我不能去破坏这个，因为结果会更令人难过。那一刻，我感觉到了兄弟俩彼此的尊重和坚强。饭吃得索然无味，老弟把账结了。本来，我想去结这顿饭钱，但后来忍住了，我知道，抢着掏钱，只会伤害他的自尊心。

然后返程的车就来了，我坐上车，没敢回头看还在挥手的老弟，虽然我极想回头看看，但内心的酸楚让我不敢这么做，怕眼泪掉下来。虽然不曾看见，但之后的若干年，我的脑海里都有一幅画面：透过斑驳的车后窗，我看见老弟单薄而倔强的身影，一手掐着烟，一手向我挥舞；在他身后，是一整片尚未开发的土地，远方的山，在5月份的风中仍旧毫无绿意。他的脸是模糊的，我的也是，我们这一次见面，前后加起来不超过4个小时。

回到北京，我向父母报告了这次行程，只说老弟在那儿还行，挺好的，让他们放心。还能说别的什么呢？如果我说他过得很凄苦，而父母将会惶惶不可终日。年龄渐长，我才发现内心深处的愧疚，因为在很大程度上，是我的存在，剥夺了老弟过另一种生活的可能。比如，如果不是我复读了好几次，用尽了家里的所有收入，老弟本可以在初中复读一年，考高中、读大学的。但事实是，他接受了家庭所给予的命运，甚至想努力靠自己去改变家庭的命运。

第二年，父亲实在不放心，喊上二舅，两个人坐火车去看老弟。老弟想让农村来的父亲和二舅能在呼市好好玩一下，提前借了些钱，带他们下馆子，带他们去呼市的景点，三个人的门票花了100多。出来后，父亲和二舅都忍不住感慨："啥破玩意儿啊，啥破玩意儿啊，白花了100多块钱。"老弟当然很清楚这些景点并没什么可看的，但他还是要带他们进去，不是为了看，只是作为儿子想让远道而来的父亲有一个值得的旅行。他是多么迫切地向他们展示：我过得很好，不用担心。

老弟那时的收入，一个月1000块左右，除去房租、伙食费，剩下的大部分钱他都花在了网吧，下班之后就玩游戏。因为除了游戏，再没有其他东西能在那种环境下给他宽慰和快乐，即使这宽慰和快乐在本质上虚妄又短暂。他还学会了吸烟，再也没戒掉。我曾问他，为什么要吸烟。他说："没劲，觉得活着挺没劲的时候，就想抽烟。"他开始思考"活着"这件事。我理解到，烟和酒，是我们生活的道具，也是我们灵魂的驿站，当我们觉得灵魂在躯壳里待得太过难受时，就总想把它拎出来，放在另一个容器里舒服一下。那容器可能是烟、可能是酒，也可能是其他的任何东西。于是，我不再固执地劝他戒烟，因为明白了人的情绪总要有一个释放的渠道。

干了几年，老弟的收入稍微好了点儿，不用再因为没开工资而三天不吃饭了，可他也渐渐明白，在那儿待下去毫无发展。我在网上和他说："今年回家过年吧，你不知道一家人多想过个团圆年。"老弟后来跟我说，他本来还在坚持自己的誓言，要做出点成绩来才回家，可我的那次话，让他改变了主意。他请假回了家，和家人一起过年。我能想象他心里的挣扎，三四年的坚持，最后像个失败者一样回来，这令他羞愧和难受。年后，他又到呼市去，想把握住一次极好的转岗机会，可惜他不懂向管事的人"表示"，不愿意求人家，眼睁睁看着机会溜走。他很失望，也很愤怒，打包了行李，彻底回家来了。

那一年，三爷爷家的三叔也回家过年，父亲去求他帮忙，给老弟介绍个工作。三叔磨不开亲戚的情面，给老弟介绍了一个活，是到吉林的一座矿上工作，老弟又是只身一人去了。干了半个月，他打电话说想回去了，矿区在山上，非常冷，他住在简陋的招待所里，手脚都长了冻疮。父亲总在电话里说，先干两大吧，先干两天吧，开春就好了。老弟不愿再让他们担心和操心，就在那儿干了下来。他告诉我，自己什么活都干，哪个领导安排下来的任务都做。从去那儿到现在的七年时间里，他没有过周末，即便是五一、十一这样的假期，也是在办公室里度过的。

老弟去矿上后，常和我在网上联系，我那时常在北师大文艺学的论坛上混，还做了个版主，发点自己写的文字。忽然有一天，老弟给我发了个邮件，让我去看看，我打开，是他写的小说和诗歌。即使以我当时的阅历和水平，也能看出他文字和思考的稚嫩，但我读着那些东西，还是欣喜不已。我欣喜于他在山沟里，在举目只有石头和树的矿井周围，能培养起这样的爱好，是多么美好的事情。我从自己的体验里深深地知道，他喜欢这个，就不会彻底陷入枯燥的生活和无聊工作的悲苦之中，就会将坚硬的现实的壳，凿开一个小小的孔，透过它呼吸着另一种空气。我鼓励他也发到网上去，他听从了，发上去，从很多网友那儿获得小小的认可。他写的东西越来越成熟时，我想，他的内心也一定越来越强大，再有了迷惑和困难，知道去哪儿寻找答案和力量。

前一段母亲来京，在家里没事上网，无意中翻到了老弟几年前写的 QQ 日志。母亲上的是我的 QQ，我在单位也登录了。单位的 QQ 突然跳出来，有几句话：儿子，妈妈不知道你原来受了这么多苦，妈妈对不起你。我知道，这是母亲发的。老弟在 QQ 上回她：晕啊，这都哪辈子的事儿了。我看着他们聊天，心里有种说不出的滋味。

多年的辛劳与坚持，让他终于有了稳定的生活，并且结了婚，现在已经是一双儿女的父亲了。看到他的生活日渐安定，我感到欣慰，更重要的是，虽然经历了无数的摔打，他还是最初那个踏上列车的少年，在复杂的生活中，努力保持着单纯、善良，还多了稳重和成熟。我很清楚，这在如今的世上，是多么的不容易。

4.

好吧，就写到这里，已经很长了。

在大街上，在任何一处，看见少年们风一样地走过，都会多看上一眼，然后提醒自己，不忘当初少年时。

笔迹

在日常生活里，从电脑时代退回到纸笔时代，是否真的如此艰难?

博客、微博已经完全代替日记了吗?邮件和短信息已经完全代替手写信了吗?无论如何，我们确实越发对白纸黑字式的笔记感到突兀和陌生了，甚至在某些特点场合见到它们还会觉得尴尬，不合时宜。

就现在的事实来看，用笔最多的大概只有低年级的在校学生了，而他们，恰恰是对笔与笔迹毫不重视的群体。孩子们，用手在纸上书写更多的是任务，丝毫不管心情。另有一些作家，誓与这个打字的时代划清界限，坚持用笔写作。这自然是一种难得的姿态，但事实上对写这个形式的固守，并不一定能留住他们的古朴笔迹，言之所见，耳之所闻，整个世界都是噼里啪啦的键盘声和闪烁的液晶屏幕。

笔迹已渐渐从现在的世界上消失了，唉，或者说，笔迹所原有的那种诗意，同写字人之间的那种私密性也已渐渐消逝了，仅留下了最为现实的用处——签字画押，以为证据。曾有一段时间，抄录被看成是文化的流行之舟，人们喜欢把耐读的文字抄录在笔记本上，以供时常翻阅。这种抄写过程，把读者和文字直接相对了，节奏慢下来，情绪与思路自然流淌，又受到行笔速度的限制，抄到关键处，忍不住大字重笔，或画一条波浪线，提示自己此乃精彩处。这种抄录，尽管凌乱、片段化，却带着粘贴复制所难有的宁静和丰富。更何况，抄录时多多少少地带着自己的构造，笔次要排、花边要描、简图要插、个人感觉要抒发，且都情真意切发自肺腑。这时的笔迹，大概是能等同于心迹的吧。

看见朋友拿起毛笔习字，把帖子挂在网上，不免念及每年春节前，村里人皆携了红黄彩纸，到家里来请父亲写对子。这个于平日并不总受人尊敬的教书匠，此时却意气风发，和来客各点一支香烟，吞云吐雾，家长里短，手下研磨，折叠纸张，用细细的绳线剖成适当宽窄，笔早早浸泡湿润了，提起笔来，饱蘸浓墨，左手夹着烟卷，口中念念有词，颔首，躬身运腕，顷刻间写下一副对子。

不赖。来人赞道。

福字有写歪。父亲说。

这些家和万事兴、春来福到之类的毛笔字，是我童年常见的笔迹。事实上，父亲的字并不高明，只是懂得用毛笔，略通门道而已，但我深爱这质朴的笔迹。特别是见村人卷回去，于除夕日的清晨郑重地贴在门楣之上时，便觉得这粗糙的书写要比批量印刷、烫金镀银的对子更富有味道。至少，祖先和神明看了，能看出这笔迹里的人间生活气。

有时候，笔迹出现了错讹，甚至满篇皆花。中学时写作业，最常如此，那时我冲动易变，总爱回头去改已经写好的文章和卷子，改之再三，便乱如糟麻，不忍卒读。后来经高人指点，学了一招，从白纸上剪下一条，用唾液沾湿贴在错处，名曰“补丁”。人到中年的数学老师常在旁边批语：南京到北京，没见过作业打补丁。是为一乐。然而后来有了电子文章，所有的修改都可以不留痕迹了，有的只剩下一个干净、整齐的结果，那些修修改改、涂涂抹抹的过程尽都被略去，笔迹之过程被掩埋。笔迹还有什么意思呢?

爱看书，于是也爱看作家影印的手稿，见了他们的笔迹——虽然大多不过是复印的罢了——每个故事就都不同了。涂改、勾画、复写、删除等一系列书写中不可避免的动作留下痕迹，任观者猜想，仿佛亲眼见一个生命从婴孩，跌跌撞撞长成少年，缓缓急急地过上自己的人生。可惜此类书影只是片段，惊鸿一瞥而已。而那些整日对着铅印字体皓首穷经的研究者，倘若能捧着手稿去读，或许更能见出写作者的情感和思想吧。于是又想到沸沸扬扬的手抄本，这种笔迹的漫延、流传、更迭，该是何等的引人入胜？人们急欲窥视的，岂能仅仅是新奇故事或大胆描写，还应该有对抄写者笔迹的迷恋吧？沿着一本与另一本之间笔迹的变迁，总能见出若干人的性情喜好，某一本至某一本，删除了若干字，增添了若干词，换了几个说法，甚至加了些许批注。后来这些手抄本被大批量印刷了，人们的热情却淡了下来。

又或者，倾向于将自己的笔迹留在书本上，不必说文人雅士的闲章签名，随便一个普通读者，新得了一部书，大都不免于扉页空白处郑重记下：××年××月××日购于×处，一是表示这书与自己的关系，二是把它定格在自己生活纵线上的某个位置上，非但是空间形式上的归属，更是时间上的历程。再推衍得广些，索要人家的签名，也不过是在内心中拉一条绳子，自己觉得与作者有了某种特别的关系，有了别人所无的一种私密沟通，有了独特的——痕迹。

我们生活着，把自己的名字签写在作业本、请假条、汇款单、同意书、申请等各处。每一次，我见到自己以前签的名字，都要辨识几秒钟，并非是怀疑真假，而是总要经历这么一个确认的过程："这些笔迹确是属于我的？是我写下来的？"

人说字如其人，甚至字里有人命运的暗示，于是世上又多了测字或笔迹测试一类的事项。观者从你写下的字的相邻字、相似字，原始义、引申义中推测你的过去与未来，或者从那字的活跃与呆板、松散与严谨中推敲你的性格。前一种属于古代的算命先生，他们测字，强调默会于心的偶然性，或者说，刹那间浮在心头行之笔端的这个字，并非绝对的偶然，而是和你的命运息息相关，是一个暗示和征兆。

后一种是现在很流行的笔迹测试，是要从你的字中寻出一种恒定性，类同于星座、血型之类，人生必定难以恒定。此前温顺和睦的人，将来未必就不会变得暴戾，而此时冷峻尖刻者，曾经或许就是个唯唯诺诺的老好人。说到底，我们期望以笔迹去窥测性格，不过是对人生无常，对自我了解之不足罢了，而且，倘若你一直以为自己如何如何，忽然有一天从笔迹中测出了意外的东西，是信还是不信呢？就好像一个人始终认为自己是双鱼座的，自己的性格也暗合双鱼座，忽然有一天，父母告诉你，你的生日记错了，差了好几个月，变成其他星座了，又该如何？

有些笔迹，因历史的流淌而带有了神圣性，比之其他笔迹更有价值了。例如书法作品。我一直好奇，它们是如何从一种笔迹变成一件超越笔迹的艺术品的。有人说，这其中蕴着作者的精气神，涵着特别时代的文明之美，藏着历史的价值。难道，它确实真的比当时一个普通百姓的笔迹更有价值？

为了寻找笔迹，我认真地在纸上写下上面的文字，然而现在，却又把它敲在电脑上。这其中是莫大的一个悖论：笔迹已经身不由己了。

自由在哪里

有一个被严重忽略的常识：任何表达，都必须活在它的前提和语境中，而不是飘在空气里或嘴巴、纸上。这一点是如此普通，以至于我们视而不见，经常是说的人不听，听的人不想，真正的交流和沟通本来就是一种理想状态，再缺少对语境的强调，只能是不断地出现误读，鸡同鸭讲，鸭以鹅的感受来评论鸟为什么会飞。

"自由在哪里"这样的问题，我给不出确切的回答，而只能描述，描述它的正面侧面，甚至是反面。因此，我只能一如既往地首先表明，这里所要写的自由，不是那个谁也说不明白的概念，而更多是一种粗糙感觉、一种自我认知。这种感觉，和我在其他文章中所不断强调的一样，完全基于我个人对自己的发现、认识和塑造，基于我对了解自己在生活中的位置和意义所做的思考，它只指向日常的层面和我们闲谈时所触及的界限。

我希望用日常的经验，给那些已经失去原有活力和意义的字眼，以一些崭新的细微触角。当然它自会生长、自会引申，自会同其他事物勾连起来。我想实现的，是在那无数的司空见惯里，找到缝隙，去攫取外面的空气，去吸收外面的微光，去看那接近真实的世界。我试图寻找一种自在与平衡，随心所欲不逾矩，或者，一种个体所能达到和实现的自由。当然，这也不是强调只退回到人的内心，而完全不顾世界的齿轮怎么样转动，只是在关注世界的同时，做好攘外必先安内的个体工作。我愿意把这里的自由形容成一种有意义的内心生活，笃定、坦然，但绝非鄙陋和简单。我也不认为它仅仅是我的私语，我仍然希望它能在一定的限度内，说出，或哪怕仅仅是触及某些人的共性。

1.

2000 年，我第一次坐火车，去大连的一所税务学校读大学。这是我头一回到比家乡小镇更远的地方。尽管这所学校是我绝不满意的，但因为多年读书累父母所欠下的债务，因为不想让他们再为这件事焦心，我还是去了。

踏上火车之前，我曾想象，自己即将从那个偏远的小镇，到一个更广阔的天地，我将更自由，不必再过食堂、教室、宿舍三点一线的生活，不用再学讨厌的学科。但到了学校之后，我惊讶地发现，学校要求学生每天上早操，上晚自习。这个消息有点让我绝望，我以为走出高中之后，再也没有强制性的自习了。开学的第一个月，都在军训，我站在操场上，一边机械地听着教官的口令，一边把这件事翻来覆去想了很多遍。在军训结束的时候，学校开始发教材，我领到了班长发给我的一个算盘，它是最后一根稻草，彻底将我击溃。我毅然退学，又跑回去复读。那时我想过太多事，但并没想清楚自己做这个决定的根本原因是什么，现在想来，强制的自习和类似于高中的管理，以及这个和我的想象太过有差距的算盘，让我体验到了某种束缚，甚至比高中还要强烈的束缚感。它是无形的，可是更紧。

或许这和我的天性有关，我就是那种宁可被蚊子叮得满身红包，也不愿意挂起蚊帐的人，我无法忍受自己被罩在一个柔软的盒子里的感觉，只要一想到这一点，我就会有窒息感。从童年起，除了上学，基本都是在山野里，放羊、捡柴火、采药，我已经跑野了。这是一种自在。但我向往着另一种自在，想看山外的世界，想知道别人的生活，想读更多的书。这一年的10月份左右，我重回高中，开始了第三次煎熬的复读生活。这是我漫长高中生涯的最后一年，也是复读生涯的最后一年。

我很清楚地知道，这是我人生最后的机会，我豁出去了。也许是做好了再次失败回去种田的准备，这一年，我的心态很放松，不放松的时候，也强迫自己放松。我同另外两个也是复读了多次的老油条一起，剃了光头，坐在教室的最后一排，桌堂里放着教材练习题，还有小瓶装的二锅头。我们会在老师写板书的时候，偷偷拿出来嘬上一小口。我也开始经常逃晚自习，跑出去跟人家看录像，打台球。当然，需要学习的时候，也能踏踏实实地学习。我感到了一种自由，它是那么怪异，可又那么真实，我体验到了自己不再为将来的考试所捆绑的轻松感。我想，这自由感让我受益，那一年的高考成绩不错，我到北京来上学，读了理想的中文系。

这年冬天，也就是复读第一学期将尽的时候，班里来了两个插班生，一男一女。他们是从职业高中转过来的，学绘画，文化课成绩不好，想到正经的高中来听课学习。他俩坐在我们前面。我经常看他们画的素描，觉得很有意思，他们也乐意跟一个对绘画一窍不通的人说说自己的本行。有一次，他们在随手画着玩，画的是一个人的侧脸。我说：能让我也画一下吗？那同学问：“你会画画？”我哪儿会啊，我说，我就是看你们画挺好玩的。他把笔递给我，又给我一张纸，我拿着纸笔，很快画了一个轮廓。那同学看了有点儿吃惊：“你真不会画画？”我说：“第一次。”他说：“可是你画得很好啊，特别是比例。”我没看出比例哪儿好来，但觉得那个侧脸不丑。我想，也许我真有点儿画画的天赋呢。

之后几天，我有点儿迷恋这玩意，整天拿着他们的素描本乱画，结果可想而知，我画得乱七八糟，狗屁不是。我找到第一次画的那张脸，看着它，想不通为什么这天赋只是灵光一现。后来我知道，我在这方面完全没什么天赋，只不过那一次画的时候，是心无旁骛，也心无期待，脑子里有个轮廓，手里就跟着画了个轮廓而已。

现在我可以说，在那几秒钟的时间里，我进入了一种自由的状态，以致把仅有的那一点绘画的本能释放出来，在之后，我再也无法在这方面达到这种状态了。我一直记得当时的感觉，它尽管微弱，却引领了我，让我早早知晓，人是可以在某些时刻摆脱引力，超越肉身的。

2.

前几天去医院，在医院排队，临近中午，有一个缴费窗口要停止收费，排在最后一个的中年女人跟后面来排队的人说：最后一个了。但他们仍不肯离去，期望着能沾光早点儿交上费。有一个七八十岁的老太太，也排在那儿，直到别人觉得没有希望，都走掉了。收费的小伙子很坚持，只收最后一个，老太太请求他半天，说自己年龄很大了，就多收一个吧，但小伙子用“停止收费”的牌子挡住了窗口。

老太太失望至极，她没想到，自己的年龄和请求，真的不能打动他。她很伤心，这伤心不仅仅是要重新去排队，而是她作为一个老人完全被忽视了。这时候，隔壁队伍里一个穿着清洁工服装的女子，招呼老太太到她前面插队。老太太连说谢谢、谢谢，甚至还鞠躬。女子赶紧搀住她，说没事，大娘，大伙都没意见。后面的人，果然没有人提出意见，有的人是赞同，有的人是无所谓，有的人虽面露不悦，但没有过度表现出来。隔着玻璃，那个刚才拒绝了老太太的小伙子，铁黑着脸，不知道在想什么。

他也许会固执地觉得，我这是在坚持原则，我本来 11 点就该下班了，这都 12 点了，能怪我吗？或者，他感觉到了某种羞愧，自己也许应该让老太太把费交上。还有没有别的呢？可能有吧。

我看重这故事的结果，也看重它的前因，在排队的时候，最后一位的中年女人，不停地告诉后来的人，自己是最后一位了，在后面排也没用了，可还是有好多人围在那儿不走。为什么呢？仅仅是因为在中国，任何地方都要排队吗？还是有时候，我们不但着急，而且喜欢超越规则。甚至，在很多人眼里，这种对普通规则的超越，被视为一种更大的自由，而不是特权。

中国的老百姓，日常生活里需要穿插于各种证件中。而政府部门的各种离奇规定，更会让你疲于奔命。

比如户口，我想，办过和它有关的事情的，一定都是满腹牢骚，一把血泪。我的户口，本来跟在父亲的户口簿上，2000 年去大连读大学，迁过一次，一个月后我又给迁回来了。2001 年到北京读大学，又迁到北京。2008 年毕业时，有几份工作摆在面前，一个能解决户口但不喜欢，一个不能解决户口也不喜欢，但我还是选择了后者。6 月份，我拿着毕业证和学校的派遣证，回老家去办户口。但现实是，在这片神奇的土地上，你可能永远回不了家。户籍所的人告诉我，你已经读了硕士，不能是农村户口，只能是城镇户口。我说，那就给我落在林东镇吧。

她说：你在这有单位吗？

我说没有，我不在这工作，哪儿有单位。

有住房吗？

没有。

那你也不能单独落户。

那我怎么办呢？

我哪儿知道你该怎么办。

你会无奈、会愤怒，可又找不到具体的对象。幸好，老弟早几年毕业时把户口落在林东镇了，我可以把自己的落在他的户口本上。老弟的户口本上写着户籍地址：××镇××街，事实上这条街并不存在，那是一直在规划但始终没实现的虚拟街道。我在一条并不存在的街上落了户。2010年，想申请限价房，又跑回去，开一个在老家没有房子的证明，结果更悲催，没法证明，因为你要在一条并不存在的街上，证明一件并不存在的东西。证明无比证明有，要困难得多。那两天，我跑遍了各种部门，也没能盖上一个章。

这些证件，不但每一个都像一枚钉子，把你定在某处，它们还互相勾连，结成一张“第二十二条军规”那样的大网。人们在这样的网里，又能有什么自由可言呢？

3.

“自由”这个词，从诞生之日起，就深陷无数的悖论之中。很多时候，人们只看到了一个向度，然后使尽全身力气去到达，结果呢？有适得其反，有南辕北辙，有头破血流。

前几日，跟同事到一个著名的出版公司在北京的办事处，听一场产品宣讲会。我们急匆匆赶到一栋玻璃墙大厦，果然是豪华气派，等电梯的人很多。我们等了十几分钟，才上到电梯里，我问同事：是12楼吧？他们说是。我就摁12楼的按钮，它始终不亮。这时，电梯里的一位男士说：“这里坐电梯是要刷卡的，没有卡哪儿也去不了。”我们自然没有卡，这个出版公司的人也从未说过，电梯外也没有张贴任何告示。当时，我们都在想，一般情况下，电梯里有卡的人会帮忙刷一下的，但是没有。没有就没有吧，也许是他们已经习惯了。我们只好跟着电梯下到1楼，找到前台，刷了身份证，拿到一个写着“12”的小牌牌，找到另一个服务人员，她提前帮我们刷卡，摁好12楼，我们终于到了地方。

后来，我们才知道，并非是电梯里的人不愿意帮忙，而是因为他们每个人手里的卡，只能到自己所在的一层，一个在8层办公的人，完全不可能凭自己的卡，上到其他楼层。说实话，听到这儿我实在吃惊。再询问，他们说是为了安全考虑。这似乎是完全可靠的理由，可实际上，真正有犯罪企图的人，根本不可能被这点东西挡住。这不过更多是一种掩耳盗铃式的内心安全感，或者，从消极的意义上看，这是一种带着奴役性质的自我管理。会议结束，临走时，我开玩笑地跟对方说：为什么我们到你们这儿来，有点儿探监的感觉？

他们是一个个被封在某个楼层的人。在这样的境遇下，自由可能就是，我是一个在12层工作的人，我可能永远也不会去8层，但我必须能去那儿，而不是被如此禁止。

在奴役之中，那种自我束缚的软性奴役，又最难被体察和发现。有这样一个段子在微博和微信圈里流传。段子说：女孩和男孩分手了，临走时女孩对男孩说，我要的生活你永远给不了。女孩嫌弃男孩穷，和一个富二代在一起了。后来女孩得了严重的肾病，需要换肾，新男友却在这时候抛弃了他。肾源紧缺，女孩在要绝望的时候却突然等来了配型成功的肾源。出院时，她收到男孩的信，好好活着，我能给你的仅有这么多。

这是一个让人感动的故事，人们在转发、评论、感慨。但是我们不能不警觉到，这感动里，隐藏着一种对自由的戕害——把超越限度的极端的爱，当成一种爱的德行来歌颂。它的可怕，在于它和主流价值所宣扬的为某某献身的精神是同一逻辑的。然后我们也看了很多，女朋友要求男友证明爱她而跳河淹死，为了证明有男子汉气概而被混混捅死，两个人为了比较谁更爱这个女孩一起跳河，一个溺亡……他们是这种逻辑的受害者。这个逻辑，不但强调无条件的绝对的牺牲，以爱的名义，还让人不自觉地去认同。牺牲当然是美德，但却不该是绝对的道德，否则，再美的花，都会变成刀刃。

我们确实太善于自我奴役了，借助种种正当的名义。自2001年到北京，已十余年了，毕业工作也已经有5年了。这5年，对于我和我的朋友们而言，渐渐有了很大的差别。在学校的时候，大家资质差不多，努力也差不多，但一走向社会，就会显出截然的不同。在我把刚刚拿到的微薄工资，用来偿还读书时借的助学贷款时，有一些同学，已经在家里的资助下买了房子。那时我想，没关系，我还完钱，和老婆一起努力工作，攒钱，过几年我们也可以的。然而过几年之后，情况并没有改观，而有了房子的同学不但房子升值了，还买了第二套房子。即使我现在花光所有的钱付首付，去贷款买和他们一样的房子，也彻底成了两个阶层的人：他已经身价几百万，而我是负债上百万。我想，这是一种很奇怪的社会区分，也是一条通往奴役和自我奴役之路。买了房子的，当着房奴；没有的，渴望成为房奴。

如果说这是极端的例子，那在日常生活里呢？中国人，有多少假期是你不知道的？有人列举了法律规定的婚假、产假、探亲假等十几种，很多人看了都大吃一惊，因为大家从来没想过自己还有这么多假期——从来没想过，即使偶尔想过，也觉得好像不可能。即便是我们清楚知道的假期，有多少人请假的时候，会觉得理所当然呢？还是，你心里有点惴惴不安，有点畏畏缩缩，有点担心不被批准？好像是你并非在享受应得的某物，而是平白无故抢了单位什么东西一样。事实上，休假是一个人的权利，合法合理休假，这是一件平等的约定，但我们太多人在享有权利的时候，依然心怀不安，难以坦然。

4.

有一天晚上，出去见几位老师，10 点多坐地铁回去的时候，听到四五个 20 岁左右的女孩子，在大声地、叽叽喳喳地议论自己的老板是个笨蛋。

“他问我有什么问题吗？我当时特别想说，你就是最大的问题。”一个女孩子这么评价，其他人听了，都笑了起来。

我想这也是自由吧，走出那个方盒子，走出打卡器和摄像头，仅仅是在单位通向住处的一节车厢里，她们在陌生的人群中肆无忌惮地议论着那个“老板”。特别是，你把她们的脸，和周围面无表情的满车厢扑克脸对照起来，就会发现，这些刚进城不久的打工的女孩子，还有着天然的生动。我无法猜测，在她们工作一年、两年或者十年之后，在她们有了更多的顾忌和考虑之后，还会不会如今天这般肆无忌惮，但这一刻，已然是美好的了。没错，这一刻，她们享有自由，自由不是一劳永逸的恒定，不是一旦获得就永不消失，它只不过是零散的。

有两位同事，一个去了次英国，一个去了次美国，回来后都谈到一个类似的情节，他们说，在国外遇到了一些孩子。“他们怎么笑得那么开心，你一看就知道是发自内心的开心，可中国的孩子，一旦上了学，就再也看不到这样的笑容了。”

那么，它哪儿去了呢？

曾许多次和朋友聊到，不知从哪儿看来或听来的陈丹青的一句话，是说，他第一次到美国后，看到美国人大吃一惊，因为满大街的人都长着一张没有受过欺负的脸。这当然是夸张，但却包含着真实的震惊体验。我们，我们绝大多数人，确实长了一张皮肤下潜藏着无奈的脸，甚至，长着一颗苟活的心。前一段，看到某电视选秀节目中的决赛，有四个选手，其中一个是海外的中国人，汉语仍说不好，他们站在一起。本来，走到最后的这些青年，都有才华，且长得漂亮，可是这四个人并排站在一处时，你还是能从他们的脸上看到这漂亮的不同。三个一直在国内长大的人的脸上，总有一种“好吧，怎么都行”的样子，即便是在他们“我一定是最棒的”宣言时刻。远远不够的自信与坦然，明明知道这是个游戏，可是却要当成更重大的事情对待。

我有些悲哀，因为我深切地知道，我在公交车、地铁站、电视屏幕、大街上看到的脸，也就是我自己的脸、我朋友们的脸。我们都是如此木讷，却毫无所觉，我们都是这等容忍，却没有底气。因为我们不自由，因为我们每一个神经末梢的微微一动，都会牵扯到好不好、值不值得、对不对这些问题，因为我们从小听了太多的规训，并且伴以各种惩罚。为了活下去，或者说得更好听些，为了活得和别人差不多，我们不在乎原则、内心，更何谈自由。

那平时倨傲的人，一见到领导，立刻变得谦卑起来，几乎没有经过任何转化，他会把耳朵靠近领导的嘴来听。这是一种中国式的礼节和尊重，可这也是一种自我奴役。也许这个词不准确，但还能用什么词来形容？我们就是喜欢把自己砍削成任何需要的形状，三角形、菱形、圆形，以备随时安放在某个需要的地方。如果我们不能从这些微小的地方惊醒，不能守住最普通和日常的自由之心，那个我们所追求和向往的更大的自由，是不会突然降临的。

5.

住在城里的人们，不必再幻想世外桃源，即便逃到郊区的农家乐，也是一样。在眼下，唯一可抵达自由的个体努力，只能是用一道墙把外界的喧嚣挡住。就像人们追恋青春，也就是因为那时候懵懂冲动，有无数的幻想，亦无数的可能，而且完全不惧生活的牵绊。

火车在轨道上飞驰是自由吗？还是它冲出轨道才是自由？又或者，自由是不被芜杂侵扰，是心静神安，是笃定平和？母亲在田野里劳作，风轻云淡，还不那么累的时候，她是自由的吧？老婆在教师节的那一天，收到已经毕业的孩子一条接一条的短信时，她是自由的吧？幼儿们终于学会了走路，甚至学会了跑，开始挣脱大人搀扶的手，他们是自由的吧？

那么，这种所谓的自由，真的能把自己这棵小草从成片的草丛里摘出来吗？

在读高中的时候，经常在冷冬的夜晚，于大街上的风里行走。我一直沉迷于冷风吹打在脸上、身上的凛冽感，一直喜欢风声盖过老师讲课的声音、同学喧闹的声音，更何况黑夜自身也要遮去许多白日的烦躁。此刻想来，我那时所体会和沉迷的，也许就是一种自由。现在，我依然喜欢在冷风里行走，只有冷的风，才能把粘在你皮肤上的赘物吹掉，还你轻盈的步伐。我想说，这片刻的轻盈，是值得的，它也许不能让我成为草丛里的高树或繁花，却保证我的根始终在地上，保证我不失掉草的本色。

策兰在《水与火》里有句诗：黑夜明亮，黑夜明亮，发明了我们的心。我被黑夜和明亮并举的悖论性结合所打动，更为“黑夜发明了我们的心”这天才的发现而激动，黑夜于人的意义，也许就是日常生活对有心者的意义。在黑夜里，我们才能摒弃其他，而最大限度地面对自我。而对自我的认识和塑造，正是自由的起点。

写给未来的信

未来你好。

这是人们写信不变的开头，我猜想，你应该收到过无数类似的信件。我这一封，不知是否有被你收到和翻阅的可能。好在最初我就了解，写信说到底不过是自我的倾诉和认识。我当然也清楚，你就在我之中，像是我的尾巴，跟着我从生到死，我却抓不到你。

现在，你仍然是不确定的存在，不，你永远是，因为一旦我来到你的刻度，你也就同时消失了。你始终比我走得更远。那为何还要写一封毫无新意的信给你，这无法抵达的收信人？我想，是因为我渐渐明白——不对，不只是明白，还是越来越体验到——通向你那儿的路途是从一个个现在累积而成的，每一分钟都像是一块砖、一粒石子，人们看似随意地摆放和抛掷，却不知它们纷纷落下后，就建成了风格各异的居所和建筑，铺就了通向截然不同的未来的路。是时候，把我们的眼光，从过于阔大和宏观的地方，收回到生活里细小的事物上了，一花一叶固然难以是一个世界，但世界又岂能失去无数的花和叶呢？

1.

未来，你真的仅仅是一个时间概念吗？

你不只是一个时间概念，更不是一个可预期的结果，而是人们走向你的全部旅途，包括可能遭遇的风雪、洪流、花朵和陌生人。

当人们一提起你的名字，头脑里马上会跳出另两个共生的概念：现在和过去。对现代人来说，过去是被记录的一切，相片、QQ 聊天记录、微博、邮件，等等，过去被物化成可以看见和触摸的东西以及能够复制、粘贴和无限保存的数据，记忆凝聚于载体中。而在更遥远的历史时间里，普通人对过去的记忆主要依靠自身的记忆和情感，往事不要再提，人生几多风雨。可是在这些数码记录之外，在人们每天许多次的自拍和被拍之外，你有多久没有在照镜子时盯着自己的眼睛认真看过了？又有多久没在无所事事的安静时刻想到人生或者别的玄虚的词了？

对普通人而言，未来难以像科幻电影和科幻小说那样具体，它是模糊的、难以捕捉的。

我有一个怪癖，就是手机上的时间，比实际的时间要快半个小时。这怪癖的来源，是我去年换的手机，时间调错了，之后便没改正。因为我慢慢发现，这被调快的时间，给我的生活一个完全不同的时间结构，或者说，在一个单薄而细微的层面上，让我和未来有了一个虚拟的接入点，在快出来的半个小时里，我存在于30分钟的未来里。我每看一次时间，头脑里都会先后出现两个时间概念，一个是手机所标示的，另一个是实际的，我会换算，然后假设自己确实提前半个小时到达了未来。我也就常常更多地处于一种等待的状态，我等着日常的时间和稳固的世界抵达我所在的位置，但当它们抵达时，我又在前方不远处了。

这当然只是自欺欺人的把戏，但我确实感觉到，很多时刻，我同其他人不在一个时间维度上，并非我早了半个小时，或晚了半个小时，这类时间不是线性的，它是一种立体的思维结构，是一个虚拟的空间。好比一个大房子，当大家都挤在某个方向的时候，我凭借它微微地移动和飘浮了一些，我感觉到了空隙。

在写《小镇简史》时，我试图用几段普通人的生活经历，勾勒出一个北方小镇近半个世纪的历史，当我把笔写到2013

年时，却总感觉不完整，还缺少什么，直到一个月后，我终于想到了处理的办法，那就是我写到了2025年，它终于有了一个完整的结构。从过去到未来，这才是历史的真正形体，历史不该单向度地指向过去，一切历史都是当代史，一切历史亦应该是未来史，否则它还有何存在的意义？

接连几天早晨，在上班的地铁里，我都遇到了同一个女孩。她像是一个打工的孩子，应该不超过20岁，我注意到她，是因为她在地铁车厢里抱着一本书在看，这本书是《地藏菩萨本愿经》。书不厚，里面的字还很大，我第一天看到她的时候，她读的是“行病鬼王。摄毒鬼王。慈心鬼王。福利鬼王。大爱敬鬼王。”我不知道是哪一段，是什么意思。第二天见到，书页上的字是：“私自念言。佛名大觉，具一切智。若在世时。”我仍然不知道是何意，只是记住了几个词，到了单位查到这些话。我注意到她，更多的是她专注地看这本经书的神态，仿佛满车厢的人都不存在，仿佛窗外冰凉的秋雨也不存在，我猜想，她是自己信了佛呢，还是依靠念经来祈愿呢？

未来，人人对你有期许，但并非人人都知晓你的心事，我们活在衣食住行和柴米油盐里，我们的灵魂，也充满了酸甜苦辣的滋味，以至于过重、过滞，和肉体几乎是不分了。在微博和微信的朋友圈里，几乎每天都能看到“转发有好运”“转发能发财”“转发保佑家人平安”“转发给你母亲七年好运气”之类的东西，而且，转发量惊人。人们是不是抱着这样一种想法：我心里知道这有点儿不靠谱，可一旦是真的呢？转发一下总没有坏处吧？所有的这些，都来自人们对未来的一种好的期待，可却把这期待变成了一种隐形的“交易”。这当然也不是有了网络才泛滥的事，在之前，我们已经被这种实利的思维浸润得太久了。中国的老百姓，但凡信点什么，总会把信的东西和自己的生活勾连起来，佛祖菩萨狐仙大神，都是用来保佑他们有个好未来的，发财、平安、生儿子、当官。细细算起来，我们有哪样事物，是不想从它那儿获取什么而信的呢？好像很少。

未来，如果你了解到这些，会怎么想？你可能会叹息着说，这一切都可理解，这一切都有缘由，但这一切又总显得不够，在正当的期许之下，总是缺少点让人心动的东西。

2.

我和许多人一样，对未来做过许多种设想，然后便自嘲地告诉自己：哈，这不过是些幻想罢了，作为普通人，你只能在可见的未来里，比如成了房奴、当了父亲，每天奔波在上班、给孩子找学校、带父母去医院和自己独自沉默的路上。

我知道这是最可能的路，但又总是不甘。

我总会想起，许多年前报纸上的一则报道，现在已然成了一个笑话了。这则报道说，记者到一个很偏远的地方，看到了一个十几岁的孩子在放羊，就问他：你为什么要放羊？孩子说：为了挣钱。记者又问：挣钱干吗呢？孩子说：娶媳妇。记者再问：然后呢？孩子说：生娃。记者还问：生娃做什么呢？孩子说：放羊。

这样的故事，看成是悲剧，或者看成是奇怪的喜剧，似乎都是对的。很多人以为这是孩子的天真，很多人感叹贫穷人的命运如此逼仄。可过去这么久之后，我们会惊愕地发现，记者一串疑问，已经把这个站在山野里放羊的孩子的所有未来都问尽了。在他能够想象的世界里，这大概已经是最好的未来了。因为放羊未必能赚到钱，赚到钱未必能娶到媳妇，娶到媳妇未必能生儿子，生了儿子又未必会有羊可以放。即便是如此简单的未来，也要靠前一步的实现来为后一步打开大门。

老婆在北京一所还不错的中学教书，常和我说起她的学生，有些孩子，我也见过。我知道，他们尽管课业很累，但有着丰富的课余生活，从小被父母拉着报各种兴趣班、特长班就不说了，即使在学校里，他们也能在生物课上用显微镜看草履虫、血细胞和头发细胞，被这些平常的东西所放大后显露出的面目吓一跳；他们在学校的电视台做新闻，招聘新成员；他们参加各种比赛，跑到大街上去做调查问卷。这真好，我想，他们的学生时代真好，这么多有意思的事情安排好了等着他们去做。

我会想到自己中学时，甚至是老家现在的中学，这一切仍然是不可想象的。我们有的只是上课而已，大概唯一能持平的，就是有一部分孩子有了手机吧。我忍不住比较两种中学时代，仅以我自己为例子，我在想，除了课堂上老师讲的那点知识，没有任何综合素质方面的训练，这种缺失，会不会一直延续到我的未来生活呢？又或者，正因为没有如此丰富的选择给我，在枯燥的山脚中学里，我才培养了自己的想象力？其实这是不可量化的比较。

大学同宿舍的一位同学，从小练小提琴，好像已经考过了十级，水平很高的。到了大学之后，还参加过几次演出，但后来他放下了琴弓，几乎再未拉琴。再后来，他读硕士读博士，毕业后成了某研究机构的专业研究者。当年对他，还有那些在各种晚会上展示才艺的人，我都是仰望的，那是我永远不可企及的某些层面、某些高度。

而我现在的疑惑是，他练了十几年的小提琴，究竟在多大程度上帮助造就了现在的他？是给了他坚强的意志，还是赋予了他艺术的敏感力？如果说意志，那这种意志，同在田野里辛苦劳作所培养的意志，是一样的吗？如果说是艺术敏感力，那这种敏感力，同其他人仅仅是在书中获得的敏感是一样的吗？或者说，对于普通人，不想成为某种艺术家的人来说，这些训练和培养，是不可替代且不可或缺的吗？我只能提出疑问，无法从现在所见所闻的自己和他人的人生里，归纳出可信的结论。

但我想这疑问也是重要的、有意义的，因为我知道，有太多的人永远不会获得这种艺术性的训练、丰富的机会，他们只是在土地里生长，只是在小镇上徜徉，只是获得了一次改变人生的机会，如果这些不可或缺，他们的未来，就将永远被这些缺失所局限。想到这一点，我心里是不公的愤懑和无奈。

我们的未来，不但是基于过去和现在的所有人生，更重要的或许是我们对这人生的认知。当我清楚地知道自己不会弹钢琴、不会画画、不会跳舞、不会唱歌，总之看似是一种才艺的东西也完全不会时，我该是什么样子。这种认知，帮助我找到在现实的位置。

3.

未来，你并不知道，不同的人，通向你的路是多么的不同，路途中不仅仅有风景，更有不为人知的痛苦遭际。我接下来要讲述的，就是从同一个起点出发，但最后不同路的故事。

童年时，有几个相对固定的伙伴。每天放学后，我们都会凑到一起，弹珠子、用棍子和树疙瘩打农村高尔夫（俗称“放猪”）、滚铁圈等。暑假时，也一起放羊，或给马割草，寒假则一起去山上捡柴火，逮兔子。

有一个伙伴，叫阿龙，个头极小，面貌黝黑，但两条短腿跑起来真快。我们上小学时，他总是在班里蹿来蹿去，没个消停，老师给他起了个外号，叫“驴粪球子”。另一个伙伴，是我家东邻的东邻，姓孙，叫阿辉，个头也不高，有一双大脚，也极能跑。平日里不爱学习，但每年的六一儿童节，阿辉就成了风光人物，他光脚板，挽裤腿，什么一百米、两百米以及各种接力赛，无不拿第一，得到的铅笔、橡皮、练习本等奖品，非常之多。这时候，许多孩子的父母都夸他：“看人家孙阿辉，真能跑，一年都不用买铅笔作业本了。”

阿龙和阿辉两个都能跑，大概除了天分之外，还有后天锻炼的因素。他们两个的父亲都养马，他们便常年要在黄昏时去野外把马赶回来。马自然很野，不可能乖乖就范，他们要追上个把时辰，才能把马圈回家。平时在山上玩，看见兔子，他们两个也是不知疲倦地追，直到把兔子累得废掉，彻底放弃逃跑被他们捉住。

小学毕业后，我读了初中，他们两个都辍学了，很少有机会再在一起玩。阿龙成了马倌，他和他父亲及弟弟阿海，轮流在山上放全村的马、驴。三个小个子，都是快腿，村里人都说，再没有比他们一家去放马更合适了。每天早晨，妇女们出来倒灶灰的时候，他们爷儿仨分别从东、西和北，吆喝着各家的驴、马要上山了。那两年，他们家是极令村人羡慕的，放马，不耽误种地，每年还能有五六千块钱的收入，在 15 年前，这在农村是一笔相当大的财富。很快，他们就在院子里盖起了砖瓦房，等着娶媳妇用。但世事总是无常，他们当马倌，有一年丢了几批牲口，赔钱赔得亏了本，就不愿干了。阿龙阿海兄弟俩，开始跟着村里其他跑外的人出副业，到城里打工。大二暑假，我回家，闲聊时母亲说打工好多年的兄弟俩回来了，而且老二从云南带回了一个媳妇，说的话村里没人能听懂。

阿龙和阿海的姐姐，嫁给了我家邻居的儿子秋生。每到腊月，秋生家的灯总是亮大半夜，屋子里传来喝酒划拳的声音和打牌的叫喊，基本上都是秋生、阿龙和阿海再加上另外一个人。可我在村里走，却从未碰到过他们。开了春，兄弟俩又扛着行李出去打工，还是一去一年。

我曾经以为，他们的生活，或许同类似的乡村人一样，打工、盖房子、娶妻生子、养孩子，然后老去。但故事并非如此简单，去年春节回乡，和母亲聊天，不知是什么由头，提起了我们前院的一家人。那家人姓孙，大儿子因为和妻子吵架，喝农药死掉了，小儿子娶了媳妇单过，二儿子成了年纪不小的光棍。这个老二，也曾经谈过恋爱，但因为和未婚妻在家里过于亲热，他母亲便瞧不起这姑娘，终于给拆散了，然后拖来拖去，拖成了光棍。大哥死后，老二和母亲一起抚养了大哥留下的儿子，直到给他供到大专。这时候，他已经四十几岁。给他娶媳妇，是他母亲的一块心病。后来，他家有了一个女人，我某次回乡从门前经过，应该是打过照面的，我以为他终于讨到了媳妇。这年春节，母亲跟我说起来，我才知道，他不是讨到了媳妇，而是买到了媳妇。他的妻子，是从人贩子手里买来的。

我震惊于自己老家虽然远，但并不算绝对偏僻的地方，这个时候竟然还有买来的媳妇——这种事，在更穷的以前却是没有过的，更震惊的是，卖给他媳妇的人，就是我的儿时伙伴阿龙和阿海。我又打听才知道，他们一共从南方拐卖了四个女人到老家这边，一个卖给了附近村，一个在我们村，另外两个去了哪儿没有传言。前几年，我回乡的时候，还曾在路上碰到过他们哥俩，礼节性地互相问新年好，其中的一个还掏出烟来给我，我说自己不吸烟。我记得，当时的他们神色淡然，带着春节时喝酒、打牌、喧闹后的放松和疲惫，而那时，他们已经把那个女人卖到了村里。这个女人的家，就在他们姐姐家的前院，两家只隔了一条五六米的土路。我没有机会，大概也不可能去问明白，他们何以成了这样的人。我也不记得，在我们八九岁，一起去山上放羊的时候，有没有谈到过类似于未来的字眼。如果有，应该不可能是这个样子吧？

另一个伙伴阿辉也出过副业，但很快就回来了，跟着他父亲开始制鞭炮。这纯属手工作坊，一切都在他们家的仓房里完成，鞭炮里的炸药自己炒，卷筒自己卷。阿辉经常到我家里去收一些旧书，回去用书纸来卷鞭炮。那两年，我们家过年放的鞭炮，都是从他们家买的。得这个便利，他家会自制一些比二踢脚稍小、比一般的挂鞭要大许多的鞭炮，在除夕夜，谁家的鞭炮也没有他家的响。有一年，他们在炒火药的时候，炸了锅，房子差一点儿被点着，万幸没有伤到人。公安局的来调查，似乎是罚了不少钱，告诫他们再也不能私自制造鞭炮了。这个营业就算歇了。

有人给阿辉介绍了个对象，就是村里前街一户人家的姑娘，好像也做过我们的同学。他结婚后，分家另过，搬到了我家前院他爷爷的老房子里，和我们只隔着一条窄窄的马路。我夏天回去，看见他扛着锄或拿着镰刀在路上。他说：“啥时候回来的？”我说：“昨晚上的班车。”然后竟然两人都没话了，就告别了。冬天回去，他已经抱着一个娃娃，嘴角咧着，看起来很高兴，问：“啥时候回来的？”我说：“昨晚上的班车。”还是没有其他话，仍然告别。再一年夏天回去，他还抱着一个娃娃，大的那一个已经可以走路，抓着他的衣角，阿辉说：“回来了？”我说：“回来了。”这一年冬天，我没在路上碰到他，他却在某一天到我家里，原来是他家的洋井无论怎样也引不上水，到我家挑水。“这天可真冷呀。”他一边压水一边说，我附和着他，天真的很冷。叙述许多次几乎毫无差别、毫无意思的见面，是因为，这些时候我心里总会有个声音悄悄说：“这是小时候的伙伴呀。”我在极快的瞬间，回想起当年他光着脚板飞跑的情形，他举着奖品意气风发的样子。可是，我们再也不可能像童年那样一起玩了。

然而等我工作后再回去，又碰见他的时候，竟可以平淡地谈上几句话了，虽不外乎一些家长里短，但终于找到了交流的方式。是的，我心里再也不会有个声音说：“这是小时候的伙伴呀。”我们不再是伙伴，他成了一个村里人，和其他村里人一样。我再不能清楚地回忆起他十几岁时的样子，现在这张成熟的、粗糙的，甚至已经开始显出老态的脸，永远不会是那张红扑扑、圆滚滚的脸了。

村里大部分年轻人，基本上都走了类似的路，在家种地、出外打工、生儿育女、养家糊口。他们也用上了山寨手机，过年过节的时候会从村东小卖店里买上两箱蒙牛的牛奶，送给老人和亲戚，他们会和熟人一起赌点钱。而他们的孩子，和别人的孩子一样吃着气味奇特的零食，他们感慨自己的孩子真是有福，因为他们小时候什么也吃不到。我曾经幻想过，如果童年的伙伴们重聚，坐在炕头的酒桌上喝酒，会说些什么。我们可能会说到当年一起经历过的事情，从回忆中再重走一遍这条通向各自未来的路。

所以未来，在每个人的人生里，你都并不知道自己在最初被想象时的样子吧？你从幼小的心里诞生，然后经历许多意料不到的改变，最后变得面目全非。如果真的重走一次的话，我们还会走到现在所在的地方吗？我们还会通向同样的未来吗？

4.

未来，你现在，躲在远处窃窃而笑，笑我这试图抵达你的徒劳，笑我连现在的生活也不过是奋力挣扎，竟还想着拥有你的美景。但我仍要不卑不亢地写给你，写出我此刻所能完成的认识，我的幻想是，也许有一天，你会回身来奔向我，给我以惊喜。

未来，在我30余年的人生里，这世界变化很大，而作为人，作为生活在其中的普普通通的人，我还是要和大家一样，对你怀着温柔而和美的期待。为什么不呢？既然有一个充满迷人可能性的未来，不妨就在那螺蛳壳里，演一场天宽地阔的大戏，无论它是悲剧还是喜剧。

未来，如果你有一双眼，并且睁开了，你就会看到，这世上的人都使尽浑身力气奔向你，或慢或急，也许有人搭了权力的便车，有人借了金钱的助力，有人献上了血肉之躯，但更多的，是默默工作，艰苦行走。

未来，我必须告诉你，这封信来自五个昏昏欲睡的中午，来自无数个早晨6点多钟的地铁车厢，来自许多午夜半睡半醒时的偶然想法，然后拿起手机在便签上记录，它更来自我在现实的路和象征的路上所遇到的各种各样的人，是的，所有我想说给你的话，都来自这偶然与必然掺杂的机缘，它们自在自为，只是通过我来表现。而以上所罗列的这一切，也就是我所面对的世界，同时就是你所立身的针脚。

好了，在信的最后，我给你讲一个故事吧，这个故事，是我的一个梦。

几年前的某个周末，我在家里午睡，在梦里，我惊骇地发现自己成了“独眼龙”，左眼瞎掉了，而且没有眼珠，黑洞洞的眼眶里，塞了一块磨得不甚圆的小砖头。因为棱角和砖末，这枚眼珠硌得我难受极了，我当时的心里，充满了它所带来的疼痛和悲伤。但是，有一部分意识在梦里苏醒，对这件事产生了怀疑。

我在梦里迅速回想起睡觉之前某些真实的事件：午餐时，我曾去一家面馆吃面。当我点餐和付钱的时候，服务员竟然没有用奇怪的眼光看我，这不可能。难道你看见一个用砖头做眼珠的人，不是至少面露惊讶之色吗？还有无数的路人，他们都看见过我的眼睛，但全部淡定……这些场景，让我开始意识到也许它只是幻觉，不是真的。很快我醒过来，睁开眼睛看见雪白的墙壁，伸手一摸，发现左眼是左眼，并无砖头掉落。

这是我多年来，唯一清清楚楚记得的梦，它用一种偶然的方式，开掘了我所不了解的那部分内心，而这一直期待被耕种和收获的地方，是和你有关的，未来，你是否知道，我为什么要把它讲给你听？

我们选择的路

《别人的生活》引起的反应，实在超乎我的预料，特别是在豆瓣上，许多网友给出各种回复，也提出一些问题，大意是贩卖廉价价值观容易获得认可，而过后这些文字将很快被忘记。无论如何，我要警醒自己的文字。

我不贩卖任何价值观，不管是廉价的还是高价的，我写这些，只是在我人生的这一阶段所感受和思考的，既没能力也没有权力给出任何准确的答案。因此，我没有就任何质疑作回答。其实我们都清楚得很，没有任何一篇文章，可以穷尽所有情况，我只是写出自己眼中的世界，然后期待着看到相似景象的人们传达认同，也期待着看到不同景象的人们给出其他侧面。每个人，都不过是这个巨大拼图中的一小块，只有所有人都拼接起来，这世界才是完整的。忘记和记住，并不是唯一的评判意义的标准，我不担心任何一个字速朽，也仍然欣喜于它们被许多人看到。又或者，总有几个人在认同或反驳的同时，重新体会了什么、思考了什么。无论这个“什么”是什么，只要是关乎自己和他人的，都可能在推进着彼此的生活。我想，这是对一个普通写作者最好的馈赠。

事实上，正在写下的这篇和《别人的生活》是同一篇文章的两个侧面。不仅仅是对别人，我们（当然包括我）对自己的生活，也在忙碌和麻木之中失去了实实在在的关心，越来越多地生出僵硬的茫然和冷漠。人们已经越来越疏于去探索自身，又或者厌倦了对大时代下的小我的不断认识，除了活着，也只是活着。人对自己的认识，确实是一段漫长而没有最终结果的路程。仿佛是一辈子都在盲人摸象，会有许多个时刻，你都觉得触及到了自己的边界，了解到了隐秘的真实，以为这一头“大象”尽在掌握了，但很可能只是转瞬之间，一件你从未预料的事情发生，一个超出日常的感觉迸发，一个灵魂里不知所来的闪念，你就又惊讶地发现自己完全陌生的一部分，从暗影中走来了，令你无所适从。

1.

我们只是在不停地摸着自我这头“大象”，一直到死。

而且，不管我们多么努力，也只能摸到满手的细节，这“大象”仍然是巨象。我看到网友留言，说《别人的生活》太长了，表达一种无法读完的耐心，我可以理解，但无法赞同，这篇和以后的许多文章，一样会很长，或者又臭又长。之所以如此，并不是对长多么推崇，而是我对除了诗以外的简短，都抱着潜在的戒备。啰唆固然不好，但也胜过言不尽意的简略。我很担心概括和提炼本身对真正要表达的内容的破坏。

一个同事看了《别人的生活》，几天之后，我们吃午饭的时候，他说：我在今天早晨上班的路上还在想，你写的其实就是四个字“仁者爱人”。我想了想，说：你说得也对，可是问题就在这里啊，我写了一万字，你用四个字就说完了，这不是太简单了吗？如果真是这样，我直接说四个字不好吗？世界上确实存在着几个词，能够传达出许多真知灼见，但也许它们省略掉的东西，恰恰才是更重要的。

我是一个经验主义者，在日常生活里，我把细节看得很重。我们所有的人生，也就是通过这些不经意的生活细节连缀而成，所有的痛苦和欢乐，也都是这些细节的累加。如果说一个人的一辈子犹如一部长篇连续剧，我想，没有人愿意自己的一生仅仅是一个故事梗概，这就像没有人愿意把朝九晚五的辛苦劳动仅仅化约为“工作”两个字。总还有些别的什么，超出最简洁的化约之外，谁都不想成为那个可以被随意做除法的数字。

前一段去体检，在做B超检查时，医生把一些滑腻腻的液体涂在身上，一如往常。

喝酒吗？他问。

喝。我说。

那就对了。他说。

怎么呢？我问他。

脂肪肝，少喝酒。

哦。

从B超室里走出来的时候，我忽然想起这样的对话在去年也曾有过，心里一惊。我们似乎总是在被告知身体有某种程度的问题时，才会后悔自己做的事：我为什么要喝酒呢？我为什么不多多锻炼呢？我为什么要吃路边摊呢？我为什么总是喝冷饮呢？我为什么不吃早餐呢？这类问题可以无限地问下去，直到把你所有的世俗快乐都连根拔起，露出潮湿的泥土、干硬的石块。但是老有一种想法根深蒂固：我只喝一点儿，没事吧？我就一天没去锻炼，无所谓。不吃路边摊，吃什么呢？不吃早餐，因为我不饿啊。然后，我们只能开始选择：是掩耳盗铃还是从此改变？我想，大多数人，可能都会在一段时间内保持一种积极的姿态：早起、多吃蔬菜水果、抽空锻炼、按时吃豆浆油条，可等过了些日子，过去那些不好的生活习惯就会一点一点地重回你的生活里。人们常把选择看作是大事发生或关键时刻才有，可我越来越觉得，每一个细小的选择，都并非无足轻重。所有的生活细节都在形成我们最后的命运，但大部分人只有在命运降临时，才蓦然惊醒。

2.

摸到不该摸的东西，或者摸不到理想中的东西，又该如何？

在许多文字里，我都提到过自己高中的经历，混沌三年，然后复读三次。因为学费的压力，因为不想再承受一次复读和高考的历险，有一次已经到了大连的一个税务学校，甚至在那儿摸爬滚打军训了一个月，但最终还是选择了退学。击败我的，是一个算盘，在税务学校的每个学生都需要的一个学习工具。当同学把算盘发给我的时候，他说："以后你一辈子就离不开它了。"我感到一种莫名的惊恐，这对我来说太可怕了，晚上做梦，梦里总是噼噼啪啪打算盘的声音。我决定退学。那时候，我对自己的生活并没有多么清晰的规划，或者说，我并不确切地知道自己要选择什么，摆在眼前的道路很少，几乎等于无。我没有好选择，只不过是拒绝了一个自己以为更坏的选择。十几年后去回想，我可以说当时的选择是明智的，虽然我无法确定如果没有退学，现在会不会过得更如意。

我们通常以为,人生是一个多选题,在给你的诸多选项中,你选择了什么，也就会成为什么。对大多数人而言，选项也许确实不少,可最终可选的却总是有限,又或者你所有的选择,如同决定吃哪一种口味的方便面一样，始终被限定在一个可怜的范围内。比如在农村，选择读书还是选择种田？这是一个标准的选择题吗？我想不是，两个选项从来不是对等的，总是有一个处在更强势的位置上。有人想选读书，但他只能种田；也可能有人想选种田，但最后却读书了。

上初中时，大概正是处在所谓的叛逆期，当时的我曾坚定地以为，种田的人比念书的人要自由得多，无须按时按点去上学，无须写作业，无须听老师的话。那时住校，离家约 40 里路，每 12 天放两天假。每一次假期临近结束，必须马上往学校走时，我痛苦至极，甚至有好几次跟母亲说：妈，我不想念书了。母亲自然不会答应，但即使现在让我回到十几岁的时代，我恐怕还是会有这种想法。现在想来，没有作这种选择，可能是一种幸运。但是我小学的伙伴们，有许多就通过这种方式退学了。他们回到家里说不想读了，他们的父母就说，不读就不读吧，回来帮家里干活，就回来了。我的一个堂姐就是如此。随后的几十年里，她常常责怪自己的母亲：“我说不想念书，你们就不让我念书，你们为啥不坚持一下呢？”她的责怪是有原因的，和她同班的另一个姐姐，经历无数波折，最终还是考走了，现在是一家国企的职工，住在城里，衣食无忧。而退学的堂姐，则只能四处打工，把人生的全部希望寄托在自己的女儿身上。

所以有时候，并不是我们选择道路，而是道路选择我们。会有很多种我们不甚清楚的力量，把懵懂的我们推到路口，我们就沿着一种惯性，糊里糊涂地走下去了。

选择真是一件细小的事情、一件自我的事情，就因为这些细小的选择，我们走向了不同的风景。我现在的住地离单位并不远，坐地铁和公交车都还算方便。路途很近，但我还是会早早起来，走到地铁站，坐地铁，基本上总是第一波到单位的。我这样，并非是何等敬业，而是更愿意有一段不那么拥挤的路途，这个路途上，我能看书，也能胡思乱想。而有的人，则愿意忍受人流拥挤，只为换得早晨可以多睡一会儿，养精蓄锐。这是两个同等重要的选择，同等地，我们通过最适应的方式，为自己选择的路途赋予意义。对我而言，这一段路程已经成为习惯，而我已经融进了这一习惯之中：在地铁里，捧着一本书，你会觉得摇晃的车厢、窗外飞驰的风景，还有身边进进出出的睡眼蒙眬的人，也几乎就是我们一生的预演。

只能是如此，我们选择了一条路，不论它是怎样的，但要时时想着它，赋予它属于自己的意义。路总会有成千上万的人在走，但这意义，却只属于你一人。这就像另一些选择，毕业之后，考研还是工作？留在北京还是到其他地方？我的一些初中的同学，大部分是读了中专或大专的，现在在县城上班，过得都很好，开三十几万的车，工资比我高，还有许多其他收入。我每次回乡和他们聚会，他们都要对我在北京生活的辛苦表示出一些不理解。他们有理由不理解，因为他们是完全不同的：上午八九点钟上班，下午两三点下班，四点钟就呼朋唤友计划着到哪儿喝酒，到哪儿唱歌了。

这样的例子，我们实在能举出太多来了。但如果让我的生活和他对调，我还是不愿意，这忙和疲惫之于我，如同悠闲与富足之于他们，在本质上是一样的。表面的区别只能证明一件事：你只能选择你的路，而不是别人以为的路。这甚至不是各有各的好处的事，它甚至不涉及“好处”这个词，而只和你觉得在哪儿更为心安有关。

3.

自从超女开播以来，有一句话几乎成了电视上的流行语：“我的梦想就是站在舞台上……”在无数个选秀节目现场，人们都会听到这句话。我总是有疑虑：他们是否真的这么梦想，抑或是仅仅把梦想当成是一个标签？你的梦想真的是站在舞台上唱歌吗？如果是，换一个舞台，一个没有电视、没有粉丝、没有灯光的舞台，你还会如此激动吗？在“梦想”泛滥的时代，梦想也许是另一种东西，它更多地只在你心深处，是不足为外人道的隐秘。对于普通人来说，梦想没有想象的那么重要，重要的是如何生活在你梦想之外的世界。也许，这个世界的大部分人都很难去做自己真正喜欢的事情，但这并不代表这类生活没有意义，它甚至更有意义。

我现在是一个编辑，这不是我最理想的工作，但我努力让自己自得其乐。我的自得其乐，源于我把自己划定在一个隐形的圈子里，不是因此寻找安全感，而是因此寻找存在感，它让我在被各种风吹得东倒西歪的同时，能保持一种内心的稳定，这是我唯一可抓住的稻草。常有人问我，你为什么不向某某人约稿子？我不好直接回答我不想约。然而事实确实如此，可能是我个人不喜欢他或她写的东西；可能是我恰好从某处知道了一点他或她的事情，而这事情于我是不可原谅的；可能仅仅是这个人本身让我有距离感；还可能是他的立场和我实在对立。我没有什么职业理想，只是希望自己做的每一本书都是有感情的，至少我对它有感情，愿意把许多的心思花在这上面，然后为这些心思的实现而欣喜。这已经是一种理想状态了，我还做不到所有不喜欢的书都不做，一旦因为某个原因而不得不做，我只能把它当作一件标准化的产品，尽职尽责地完成。在我心里，对这些白纸黑字有着清晰的分类，我很清楚哪一些浸透着心血，而哪一些只是充斥劳动。有些书，我知道会比现在的一些书赚钱，我也知道通过一些关系和手段，是有机会签下来的，但是我本能地缺少这种积极性。仅此而已，只是希望将来在捡寻自己某一段时间的生活时，可以微笑着自语：嗯，不错，你这一段干的大部分事，都不会让自己觉得无聊和后悔。

从生活的角度上讲，我们所有人都一样，希望拥有美好的自由，但在面对一些东西，选择或者不选择的时候，总还是有着坚持。这些选择甚至完全和大是大非无关，好好活着，但同时也不伤害到心里面那个小小的我、脆弱的我，才是最好的。这种想法，大概是愚蠢而无谓的，可是每个月，每一年，然后是十年二十年，等它累积到真正老去的那一天，就会变成内心的珍宝，藏在生活的记忆中闪着温暖的光。每一个人老的时候，除了别人的关心和照顾，都更需要这些自己从年轻时就点滴累积起来的暖光，它既是温度，又是光亮。

4.

结婚之前，总有人问：你确定吗？或者如电视上所看到的，在西式婚礼的现场，总有神父问双方：你愿意吗？确定和愿意，大概不仅仅是一种形式的完整性，也不仅仅是一句承诺，它可以代表着你对一种新的生活方式的选择。在许多时候，我们和另一个人开始全新的生活之前，并不确定知道即将到来的是怎样的日子，因为此前它只能是想象，而想象通常是浪漫且美好的。爱情，有时候像是婚姻这部大戏的宣传片，把所有的噱头、所有吸引人的点都暴露给你，把你裹挟进去。但真实的婚姻、普通人的婚姻，则是一部冗长的电视剧，你别无选择，只能按照生活的逻辑和它给你编排好的剧情往下走，既不能后退，也不可快进，它是一种缓慢的匀速运动。选择一个人，也就选择了一种妥协的方式、一种商量的口吻、一种讨论的可能。

如果婚姻是如此，那孩子呢？要不要生孩子？

这在太多人那儿完全不是一个问题。人们大都是自然而然地结了婚，然后就自然而然地生了孩子。一个或者多个新的生命，就这样不由自主地来到人世。我结婚之后，也面临这样的问题。母亲说起这件事，总是讲：哪有不要孩子的？我有过犹豫，犹豫在于，我不希望自己只是凭着一种生活的惯性和冲动而去创造一个新生命，要知道，你可以选择，但他是没有任何选择权的。我听到有很多人说：小孩多好玩啊，生一个玩玩吧。我不知这话到底有多少虚实，但我对这种态度抱有疑虑，我们是因为他好玩才把他生下来？还有的人说，生了孩子，夫妻两个人的关系就稳固了，不会轻易遭受危机了。在现实中，确实有许多例子证明了这一点，影视剧更是不厌其烦地用孩子来做道具而实现破裂夫妻的复合，但也有更多的例子表明，夫妻关系不好甚至离异，造成了孩子人格的缺陷。我总在想，一对父母，如果决定要创造一个新的生命，应该只是想创造这个生命，为这个生命本身而激动，而不是为其他目的。

事情可能会像沙漏一样，一面的沙子流完了，就要被倒转过来，当孩子渐渐长大，他也许就成了有权选择的一方。因为很多原因，经常回学校，在北门外的小街上，有一个旧书店开了很久了。原来是收旧书、卖旧书，兼出租图书，现在似乎不再出租图书了。我只要坐车回校，一定要到小店里去转转，淘几本旧书。看店的是一个 60 岁左右的老太太，总是很谦和地笑着，告诉你一本书 5 块，或者 6 块。夏天时，她通常拿着一个苍蝇拍，一下一下漫无目的地拍苍蝇。

有一次，我蹲在地上翻书，看店的老太太和另一个老太太聊天。两人说着说着，感慨丛生，各自抹着眼泪，哭诉彼此的生活。那一刻，我觉得满屋子的旧书也没有她们的心苍老。看店的老太太说："你看我们，开着这么一个赔钱的书店，可谁让孩子喜欢呢？"两个人长长地叹口气，然后是长久的沉默。我不敢抬起头来看她们，也不敢弄出半点儿声响。我极担心一些不适的举动，会让她们的悲伤显得尴尬或不好意思。后来，我听朋友说，这个旧书店是他的一个同学开的，母亲帮着看店。赚钱吗？似乎也难。也许是赚钱的。

后来每一次去那儿，老太太的那句话都在耳边盘旋：开着这么一个赔钱的书店，可谁让孩子喜欢呢？我不知道他们故事的内里和细节，只是偶然听了这么一耳朵。我没有细问朋友，他这位同学到底是喜欢书，还是喜欢书店，不管他喜欢什么，他似乎都在用一种虚妄，把母亲牢牢地拴在了方寸之间。老太太应该是不读书的，把一个并不读书的老人困在满是陈旧气味的平房中，又似乎是一种残忍。如果这个故事的一切如真，我不知道，这个儿子是否想过，他的选择定格了自己母亲残余的人生。当然，这是我的猜测，这故事也许还有其他侧面：因为有了这个书店，母亲不在偌大的北京城里空虚无聊，也可能这家书店慢慢赚钱了，又或是这家书店提供了母子经常见面的契机。后来，我也见过真正的店主，温暖和善，讲话和声细语，有人要拿几乎没人要的教材过来摆着，看能不能卖出去，他竟然也接受，说看看吧。我能看出，他一定是个极心疼母亲和孝顺的人。我祈祷这个书店是赚钱的，只为了老太太每天打烊结账的时候，因为盈余而生出的那些微的欣喜。

5.

我有一对十几年的朋友，曾遇见过一件事，这事情在中国似乎很平常，但却令我时常想起，越想就越觉得，它也许并不那么平常，它反而是我们活着的这个混沌的世界的一个通气孔、一个透视镜。

有一次，这对朋友要去给别人庆祝生日，特意买了一大束勿忘我，但在进地铁站的时候被安检截住了，理由是出于某种安全上的考虑，所有的花都被禁止带进地铁。这束本来仅仅是作为祝福的花，被当成某种危险物。朋友有着自己的顽固，仍然坚持带着花上车，几经交涉，最后地铁工作人员复印了他们的身份证，才允许他们通过安检。我既可笑于无坚不摧的钢铁对一束鲜花的恐惧，又感动于朋友对带这束花上车的坚持。

我们来做一个极端的设想吧，假如那一天北京城的几条地铁线里，数百万人的熙熙攘攘中，有且只有这一束勿忘我，这是什么样的景象？又是什么样的悲剧？这一束花在拥挤的人流中，该是如何的孤独、脆弱，又该是如何的倔强？倘若那一天的北京地铁，连这一束花也被消灭掉，那是不是这个城市许多年以来最大的悲哀？我在心里，许多次感谢这两位朋友，因为面对被拒绝的鲜花，他们选择了坚持。这种坚持，我想从各种意义上讲，都是珍贵的。如果有一天，你也遇到这种情况，请带着你的鲜花或别的什么，穿过一个巨大国家的巨大城市的钢铁丛林，抵达那个过生日的人的身边，没有比这更有意义的礼物了。

这些所有的每时每刻的细微选择，汇聚成我们人生的一条河流，也可能，他们不是水珠，而是尘埃，在被外在的风鼓吹起来之后，形成恼人的沙尘暴。有人选择了将鲜花带进地铁，而有的人，则选择了把蛮横带到人群。有一次单位在万圣书园做活动，我和几个同事提前过去，活动开始前，我在门口收银台附近看到一个人怒气冲冲地对着收银员说话。他似乎在表达某种不满，而这不满，来自人家通行了很久的规定，大概是第一次办卡买书不打折之类的。他在问凭什么不能打折，却不认可工作人员的解释。收银台的旁边，书店的一位员工在给他买的书打包，男子趾高气扬地说：你小心点，别给我弄坏了。打包书的员工有些惊愕，也有些不知所措，两只手摩挲着包装纸，没说一个字。我没有继续看下去，这场景实在令人愤怒，但却又无能为力。我几乎要确信，一个这样的人，哪怕他读再多的书，也无法成为一个正常的人。他们真是被惯坏了，而被惯坏的人，都选择成为一个蛮横的人。这种例子无须再举，他们几乎在每个地方横冲直撞，目无一切。

微博上经常有一些求助或者说起某某孩子被拐，请大家转发的帖子，每次见到我都会转发，之后也有人从我的微博上转发出去。有几次，后来证明这些帖子中的事是子虚乌有的，有人因此在网上批评我太容易轻信。我想这里有一种很奇怪的逻辑，当一件事发生，需要大家去关注的时候，绝大部分人是没有能力也没有渠道去证实它的，但我们是不是就什么也不做，只等着它被证实之后再说？悖论就在于，正是因为无数网友出于善意的转发，引起了更多人的关注，它才能进一步被证实为真或者为假。

前几天，母亲回老家之前，我带她到超市去买些路上用的东西。从超市里出来，路过一个天桥，天桥下有我们见惯了的乞讨的人，母亲看见了，毫不犹豫走过去把手里攥着的几块钱硬币投到他的箱子里。那一刻，我有一种要去拉住她的冲动，我想告诉她，这个人可能是个骗子，是个职业乞讨者，他一天要到的钱，可能比你种田一个月的收入还多。但我很庆幸自己还是忍住了，母亲回转身的时候，我看到她眼里有了一种心安似的淡定，仿佛做了一件本就应该做的事的轻松。我想，我爱她，不仅仅因为她是生育我的人，还因为她一个农村老太太的本真的善良。这样的母亲，在路上总是令我担心，可在心里却又总是让我充满感激。没错，任何人都不应该把本能的善心，当成一种愚蠢来批评。我们选择去相信，之后被证明可能是错的，是谣言，但这很可耻吗？我并不觉得，选择信的时候，我们以诚挚之心去信，当得知它是假的，再去改掉就是了。相信错了一次或几次，并不应该成为再也不信的理由。

6.

就这样吧。

无论我们的选择有多少种，最后，我们还是会走向和变成那个唯一的自己，因为所有的选择，是以你对它的实现为终结的，在它到来之前，我们只能默默走下去。

眼睛里有别人的生活，且清楚自己的道路，这是我在这个阶段能想到的一个真正成熟的人所该有的两个坐标。我只愿自己的双足，能站得越来越稳，以保证此后的道路不太偏离这坐标。

初版后记

我和你以及他与她们

在这里，我要写下零零碎碎的一些东西，是啊，碎得像某些失恋者的心。在我写的《别人的生活》贴上网后，我看到一个留言：重点呢？我一愣，然后只好笑笑，这个读者讲得不错，这一系列的文章，都是没有重点，甚至没有中心思想的。可是我自己却觉得很好，说出了我想说的话。我想起，有一次和一位老师吃饭，老师席间说起另一位在某著名学术刊物做编辑的朋友的话，是说散文的。这位老师认为，那句话是散文理论的真正发展，我们一直被教育说散文就是形散神不散，而他的恰好相反，散文，就是形不散神散。我的文字，达不到这样的要求，但我可以此自我宽慰。

我无法不珍视它们，因为我出生到此刻的所有认知基本都在这里了，这些零散的文字，是一个人，一个写作者对世界和自己的真实看法。看似偶然而得的这些篇章，在很大程度上超出了我苦心经营的小说，在小说里我可隐可显，有着无上的权力和自由，而在这儿，只是一个努力生活、认真思考的普通人，不惮于暴露自己的内心，尽管不是全部，也已经是最大的限度了。

有一句话，我一直作为写这些文章的指引：眼里有别人的生活，且清楚自己的路。对我来说，这些文字就是对自己的重新发现，当然也可以说是重新塑造。我的眼，需看到别人；我的耳朵，需听到真的声音；我的脚，要走在踏实的路上。这是磕磕绊绊的旅程，面对着无数次的自我推翻和更新，但我也看到了微光，而且就发自我的心里。没有比这更让人欣慰的事情了，我知道自己是一个怎样的人，在人群里处于什么位置。

有人问我，你写的那些事、那些人，我怎么没有遇见呢？我说，你确定你真的去看、去听了吗？所有人在所有人面前出现，但我们太多地不以为意了。比如在网上看到一条信息，有一个农民工，出事故牺牲了。在他的墓碑上，刻着三个字：收工了。三个如此普通的字，我以为超过了所有披头散发呐喊的歌手、舞文弄墨写作的作家，这是真正的人的洒脱，也是真正的人的辛酸。

这就是别人的生活吧，你看到了吗？你看到时，为他难过和心动过吗？

高中一年级的暑假，我和母亲还有姑姑家的表哥在面粉厂里磨面粉，一个村民给带来一封信，是我上学期的成绩单，考得很差，我心里有些害怕。正好表哥和姑父要去草原上采蘑菇，我为了躲避父亲，就在第二天跟着表哥去了他家，然后同他、姑父和另一个孩子一起，赶着马车去离家几百里的草原上采蘑菇。蘑菇可以晒干，然后卖给收购的人。

我们坐在姑父的马车上，翻过了家附近的一道大坝，就进入了草原的领地。马车走得不快，就这样走啊走，我在车上睡着了，等我醒来的时候，已经是下午了。我睁开眼睛，却吓了自己一大跳，因为我看见太阳在北部偏东的天空上，这怎么可能呢？我又四处看了看，还是如此，忍不住和姑父说，姑父笑了：你转向了。就是说，在我睡着的时候，马车转了好多弯，等我醒过来，我的脑海里仍然是睡觉之前的方向坐标，但实际上方向已经转变。我知道东南西北并没有真的调换，但在我的感官里，它们确实不同了。带着这种别扭的方向感，一直到天黑。

这次经历，后来也会时常出现在从陌生的地铁口出来时、从不知名的长途大巴上下来时，它让我知道，所谓的客观的外部世界，对一个个体来说，并非是那样的客观和一成不变。而且，这种方向的混乱和迷惑，经常类似于生活里的混乱和迷惑，因此，我要在这双重的意义上确认东南西北，确认太阳的起落和月亮的升降。我于是写下这些文字，为了自己，也希望这些文字，能给人以触动和力量，但我绝不愿意它们是所谓的心灵鸡汤，连最好的土鸡也不行，因为人们需要的不是这些精神营养品，而是更重要的东西。

我坦然于自己写下的偏颇和错愕，在动笔之初，我还无法判定自己的斤两，但已深知没有任何一篇文章，可以穷尽人生的百味，一部书不能，十部书不能，即使是世界上最大的一座图书馆，也不能。我于是也自得于在针孔般大小的洞里看到的景观，自珍于在我细微的血管里流过的人和事。这证明我活着，并且清醒着。

世界的原则是这样的：不论你对此知道得何等清晰，生活都不会因此而发生变化。我是说，我的欣喜只是内心的，它不作用于我的现实，可它既是必要的，又是值得的。我不知道，在将来的日子，自己是否还能保持此刻的敏感，是否还能发现如此动人的故事。《别人的生活》必将是我生活的一个里程碑，它不同于年少时写的诗，也不同于这些年一直在坚持写的小说，它朴素到几乎失去了形式。

在修改和重读的时候，我感到兴奋且自豪，因为走了一条方向正确的路，因为每一次看，都对自己有了新的认识，我第一次，成了自己文字的忠实读者。我当然期待更多的读者，他就应该是你以及他与她们——我在天桥、地铁、公交车和人群里遇到这些人，在各自的路上缓缓而行，要抵达那个终点。在宇宙里看，我们所处的世界的万物都不如尘埃之大，可这些如此细小的尘埃、如此平淡的灵魂、如此纷扰的世界里，藏着我们和别人的生活。

新出图证（鄂）字 03 号

图书在版编目（CIP）数据
浮生 / 刘汀著. -- 武汉：长江文艺出版社，2018.12
ISBN 978-7-5702-0693-3

Ⅰ. ①浮… Ⅱ. ①刘… Ⅲ. ①散文集 - 中国 - 当代 Ⅳ. ①I267

中国版本图书馆 CIP 数据核字（2018）第231138号

选题策划：韩成建　　责任编辑：薛纪雨　韩成建
装帧设计：刘泊延　　责任校对：许　罡
责任印制：张　涛

出版：长江出版传媒 | 长江文艺出版社
地址：武汉市雄楚大街 268 号　　邮编：430070
发行：长江文艺出版社
北京时代华语国际传媒股份有限公司　（电话：010-83670231）
http：//www.cjlap.com
印刷：北京富达印务有限公司

开本：880毫米×1230毫米　1/32　　印张：7.5
版次：2018 年12月第1版　　2018 年12月第1次印刷
字数：110千字

定价：49.80 元